1 HORSTMANNSKÖTTER
2 HÖHNEFELD
3 KLÖTENKÄMPER
4 CICIOLKA
5 HAUSMANN
6 Sickendieck
7 NIEWÖHNER
8 BREDEMEIER
9 WILKE
10 LINDENKRUG
11 ALTE SCHULE
12 KRIEGERDENKMAL
13 SPRITZENHAUS
DÜWELSHOLT
OGE SCHIETEN
GÜLLERMOOR
KÖTTEL BRINK
FUHLENROT
10
MASCH
KEN DIECK S KAMP
6
12
SICKENDIECKS HOLT
HUNTE

In Moskau starb endlich Joseph Stalin, in Oberholsten/Whgb. wurde **Dietmar Wischmeyer** geboren. Dann passierte zehn Jahre nichts, bis er das Gymnasium der Kreisstadt besuchte. Dort passierte dann neun Jahre nichts. 1976 begann er das Studium der Philosophie in Ostwestfalen. Erwartungsgemäß passierte wieder nichts, diesmal aber nur acht Jahre. Jetzt aber erst mal 'ne Pause. 1988 lockte ein norddeutscher Radiosender mit Geld und Sendezeit. Ab da beginnt Dietmar Wischmeyer alles aufzuschreiben, was so um ihn herum nicht passiert. Alle Veröffentlichungen, Neuheiten und Tourdaten unter
www. wischmeyer.de

Sabine Bulthaup löste durch ihre Geburt im Februar 1962 unter anderem die Kuba-Krise aus. Trotzdem zogen ihre Eltern und andere Familienangehörige sie groß. Nach glücklichen Kindheits- und Jugendjahren im Wiehengebirge zog es sie früh ins welsche Nachbarland, dem sie – ebenso wie der alten Heimat – bis heute die Treue hält. Sie frönt aus tiefster Überzeugung dem Landleben auf dem Frühstyxradio-Gehöft am Steinhuder Meer und lagert seit nunmehr 16 Jahren ihren radioaktiven Lebensmüll bei diversen Medien zwischen. Seit kurzem ist sie verheiratet und versucht beruflich die Geheimnisse des Öffentlichen Dienstes in seiner ganzen unermesslichen Tiefe zu ergründen.

Fotos: Frontmotiv: Nadja Al-Mazraawi · S. 8-18, 36-37: Privatarchiv Dietmar Wischmeyer
S. 19: Jan Rathke · Alle sw-Fotos: Manfred Pollert · Alle Farbfotos: Frank Ossenbrink

Postfach 3407 · 26024 Oldenburg
www.lappan.de · info@lappan.de
Gesamtherstellung:
Proost International Book Production, Turnhout
Prined in Belgium · ISBN 3-8303-3081-2

Dietmar Wischmeyer · Sabine Bulthaup

Frieda & Anneliese

Geschichten vom Lande

LAPPAN

Zum Geleit

Nachdem das letzte Dorf „schöner“ werden sollte, niemand allerdings mehr dort arbeitet und die Okal gewordene Eigenheimzulage in den feuchten Wiesen steht – dann kennt auch keiner mehr Frauen wie Frieda und Anneliese. Ihr trockener Humor und ihre stete Bereitschaft, anderen etwas Schlechtes nachzusagen, hat die Menschen in Norddeutschland auf wohltuende Distanz zueinander gehalten. Die protestantische Freude an Langeweile und Beschränkung („zwei Programme sind für uns genuch, man kann ja doch nich alles gucken“) lässt moderne Aufgeregtheiten erst gar nicht aufkommen. In zweitausend Jahren haben nur vier Besuchergruppen die Leute im Wiehengebirge in ihrer Ruhe gestört: 9 n. Chr. die Römer, 1618-48 der Schwede, 1946 die Schlesier und heutzutage die Drückerkolonnen der Mobilfunkanbieter. Die Schlesier wurden aufgeheiratet, der Schwede zurück an den Nordpol gejagt und die Römer wurden totgeschlagen. Man darf gespannt sein, welchem Schicksal die Mobilfunkwerber entgegensehen. Ansonsten verlief das Leben der Millionen von Friedas und Annelieses über die Jahrhunderte hinweg in beschaulicher Gehässigkeit.

Damit diese Welt nicht mit den letzten noch lebenden Exemplaren für immer ausstirbt, will ihnen diese Dokumentation ein Denkmal setzen.

Tauchen Sie ein in die kratzbürstige Idylle zwischen Stirpe-Ölingen und Prölle, zwischen Sickendiecks und Hakenschniepels. Setzen Sie sich mit Frieda und Anneliese an den Kaffeetisch dieses Buches und lauschen Sie ihren Gesprächen!

Dieses Buch ist allen Bewohnern des Wiehengebirges gewidmet, besonders natürlich den beiden Dörfern am Oberlauf der Hunte, Oberholsten und Rabber.

Und ganz besonders natürlich unseren beiden Müttern Helga Bulthaup und Paula Wischmeyer sowie deren Schwestern, Schwägerinnen und Nachbarinnen.

Wiedenbrügge, Sommer 2003

Sabine Bulthaup *Dietmar Wischmeyer*

Inhalt

Schwester Leidegeil mit Klein Frieda und Anneliesschen vor dem Außenlokus der Volksschule in Plattengülle. Dem flüchtigen Betrachter bleibt verborgen, dass „Klein Frieda“ (links) sich für dieses Foto auf die Knie herabgelassen hat.

Frieda, Anneliese
und die anderen alle

„Der schöne Heinrich" knipst heimlich Frieda und Anneliese beim Sonnenbaden am Mittellandkanal. Erstere erwischt er nur von hinten, ein Informationsdefizit, das sich in seiner Hochzeitsnacht noch rächen soll.

Frieda

Am 11. August 1923 erblickte die kleine Frieda als zweite Tochter des Erbkötters Clamor Horstmann, genannt „de Horstmannskötter" und seiner Gattin Walfriede, geborene Nagel, den verregneten Himmel über dem Roggenfeld, auf dem ihre Mutter niedergekommen war. Neben ihrer älteren Schwester Alwine (die spätere Frau Klötenkämper) hat sie noch sechs Brüder, die alle Wilhelm, Heinrich oder Gustav hießen – allerdings in den unterschiedlichsten Kombinationen.

Auf der Zwergschule von Plattengülle erwies sich Frieda als aufgeweckte und wissbegierige Schülerin. Der Wissensdurst bezog sich allerdings schon früh und ausschließlich auf die Schwächen ihrer Mitschüler. Schon im Alter von elf Jahren war Klein Frieda 1,75 Meter groß und vermöbelte alles, was ihr in die Quere kam – einschließlich des ca. 1,60 Meter großen Hauptlehrers Alfred Schlusche. Nur ihre beste Freundin Anneliese kam ungeschoren davon, weil sie schneller laufen konnte, ein Veloziped besaß und außerdem eine noch größere Klappe.

Eine kurze Zeit ihrer Jugend verbrachte Frieda im Bund junger Mädchen, Ortsgruppe Bunkenstedt. Nach zwei Monaten war der Spaß vorbei – zumindest für den Ortsgruppenleiter Horst-Wotan Lütkesteert (1,59 Meter) – dem sie nach gerade verheilter Oberarmwunde erneut ins Bein gebissen hatte. Lütkesteert sollte aufgrund dieser Verwundung später irrtümlicherweise das Eiserne Kreuz zweiter Klasse zuerkannt werden.

Der wohlhabende Großbauer Wilhelm Sickendieck hat ein Auge auf die fesche Anneliese geworfen.

Im Alter von zwölf Jahren stieß Frieda mit dem Kopf an den oberen Türbalken der Volksschule Plattengülle und erlangte damit den Abschluss. Ihre Eltern schickten sie danach auf Gut Poggenkuhle als Melkerin in Stellung. Da die dortige Herrschaft aber nur Ziegen hielt und Friedas Hände fürs fisselige Ziegengesäuge zu groß waren, musste sie die dreizehn schorfübersäten (geheimnisvolle Erbkrankheit des niederen Adels) Söhne derer von Poggenkuhle („de Pielepoggen") versorgen. In dieser Erfahrung wurzelte ihr lebenslanger Ekel vor allen im Hause wohnenden männlichen Wesen.

Um der Hölle auf Gut Poggenkuhle zu entfliehen, heiratete sie mit sechzehn Jahren den Fliegerleutnant Hermann Höhnefeld. „Der schöne Hermann" versuchte auf diese Weise dem sich abzeichnenden Einsatz an der Front zu entgehen, merkte aber schon nach einer Woche, dass keine Front der Welt so schlimm wie die an der Frieda sein konnte. Des Vermöbeltwerdens leid meldete er sich schon zwei Tage vor Kriegsausbruch freiwillig bei der Truppe und ward nicht mehr gesehen.

Betroffen durch das Schicksal seiner Lieblingstochter (15 cm größer als er selbst) übergab Clamor Horstmann Frieda den Hof und verheiratete die eigentlich erbberechtigte Tochter Alwine mit dem arbeitslosen Katzenschlachter Fitten „Muschi" Klötenkämper. Die sechs jüngeren Brüder Gustav, Friedrich, Wilhelm, Gustav-Friedrich, Friedrich-Wilhelm und Gustav-Gustav versuchten ihr Glück in der Fremde mit einer Vornamensagentur (Gustav wurde später König von Schweden, Friedrich lebt unter falschem Namen (Sascha der Zweite) in Plattengülle, Wilhelm gründete eine Hafenstadt am Jadebusen und die drei Doppelnamenbrüder hinterließen insgesamt fünf Frauen mit 17 Söhnen und einem unentwirrbaren Knäuel an Vornamen.

Die Kriegsjahre nutzte Frieda, ihren geerbten Hof verkommen zu lassen. Unter dem Vorwand ständigen Fliegeralarms verbrachte sie sechs Jahre auf dem Sofa.

Selbst Herzls, die 1946 zur Einquartierung bestimmten Flüchtlinge, machten auf dem Absatz kehrt. Sie dachten, sie wären in die falsche Richtung geflohen.

Frieda hatte sich mit ihrem Strohwitwendasein abgefunden. Erst als sie bemerkte,

dass sich Anneliese für den schneidigen Großbauern Wilhelm Sickendieck zu interessieren begann, erwachte in ihr der Johannistrieb.
1953 wurde ihr erster Mann Hermann endlich für tot erklärt, die Ehe mit Wilhelm geschlossen und schon im Jahr darauf schenkte sie ihm einen unstattlichen Sohn: „unsen Reinhardt".
1957 kehrte plötzlich der totgeschriebene Hermann aus holländischer Kriegsgefangenschaft zurück, es kam zu einem sexuellen Handgemenge, bei dem Letzterer auf der Strecke blieb, Ersteres hingegen Früchte trug.
Bald darauf verschwand auch der zweite Ehemann auf Nimmerwiedersehen und Frieda war wieder Alleinherrscherin auf der Horstmannskötterei, wo sie den kleinen Reinhardt, den eigenen Ekel überwindend, liebevoll großzog.

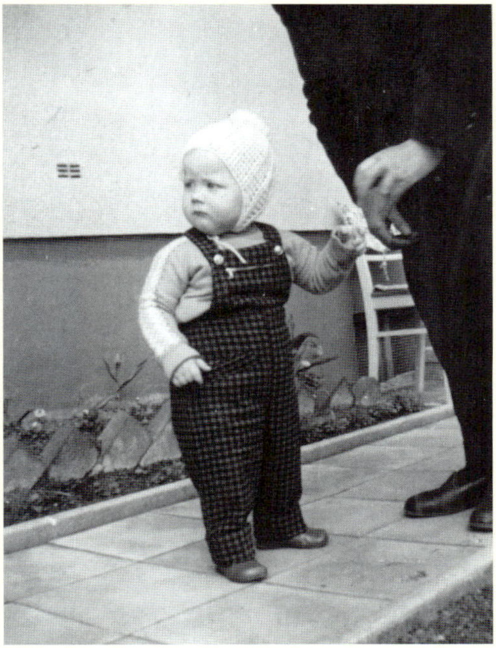

Der kleine Günther Höhnefeld guckt rüber zu Friedas Grundstück. Ahnt er schon, dass er es dereinst pachten wird.

Anneliese

Anneliese Hausmann, geborene Schwienefoth, kam am 2. 2. 1924 kurz nach dem Kälberfüttern zur Welt, als die Mutter auf der Nachgeburt des Hofhundes ausrutschte. Der extrem hochbegabte Säugling machte seinen Eltern Carl und Luise Schwienefoth, geborene Puttfarken, zunächst viel Freude. Kaum sechs Monate alt, konnte die kleine Anneliese ihrer Mutter, „Puttfarkens Drakel", die Ferkelpreise rauf und runterbeten sowie die Choräle 136, 204 und 312. Als Klein Anneliese ihre Leidenschaft für „Niekammer's Landwirtschaftliche Güter-Adreßbücher, Band VIII, HANNOVER, Leipzig, 1922", besonders die Seite 469 „Kreis Wittlage", entdeckt hatte, wurde die Mutter weggebracht. Vater Carl war froh, wieder alleine zu sein und als auch Anneliesechen mit viereinhalb Jahren eingeschult wurde, konnte er sich wieder ganz den Freuden des Selbstgebrannten widmen.
In der kleinen Dorfschule machte Anneliesechen Bekanntschaft mit der Schreckensherrschaft der blonden Hünin Frieda. Diese schloss das kluge, frühreife Kind jedoch in ihr Herz und verteidigte es gegen die Attacken des Lehrers.

Günther sieht, wie Reinhardt die scharfe Ciciolka zu sich nach Hause bringt: „Dammte Kacke, von irgendeinem Schützenfest kenn ich die doch.“

Als Anneliese mit elf Jahren den Lehrer auf Altgriechisch eine „großhirnarme dicke Sau“ nannte, bekam sie eine Tüte Haumichblau, den erweiterten Volksschulabschluss und die Entlassung ins Leben.

Dieses Leben verlief mehr oder weniger ereignislos zwischen Pastors Bücherstube, Friedas Brüdern und dem väterlichen Ferkelkoben.

1938 wurde sie das erste „Frollein vom Amt“ in der neu gegründeten Reichsfernmeldevermittlungsaußenstelle Bunkenstedt. Schon nach zwei Monaten kannte sie sämtliche Rufnummern der Länder Hannover, Lippe-Detmold, Oldenburg und Deutsch-Samoa auswendig. Nach einem versehentlichen Zahlendreher 1942 verließ sie vor Gram die Fernmeldestelle und bediente ihre faule Freundin auf dem Sofa. Im Frühjahr 1945 lernte sie beim Spargelstechen unter feindlichem Beschuss den ehrenamtlichen Luftschutzwart und Großbauern Wilhelm Sickendieck kennen und lieben. Als Frieda ihr dann den Verlobten ausspannte, kam es zum Zerwürfnis. Wilhelm, der Anneliese die Ehe versprochen hatte, nahm dennoch Frieda, weil deren Stück Land genau zwischen seinen Äckern lag und er somit „in eins durchpflügen“

Links Reinhardt, rechts Dieter. Zwei Jungs, die sich nichts zu sagen haben.

konnte. Ehe als Flurbereinigung! Anneliese nahm aus Enttäuschung den Hilfsklauenpfleger Heinz Hausmann (Betreiber des späteren, sehr gut gehenden „Heinz's Nailstudio"), damit sie nicht „über blieb". Aus der unfrohen Ehe ging dennoch 1954 ein „Dieter" hervor und ein langjähriges Techtelmechtel mit dem gleichfalls unfroh verheirateten Sickendieck von nebenan.
Als Wilhelm verschwand, fanden die beiden ehemaligen Freundinnen bei einer deftigen Pfanne Ködel und Böhm wieder zusammen.

Reinhardt

An einem grindigen Novembermorgen 1954 schlüpfte eine fette, blasse Made aus dem Schoß einer ländlichen Wuchtbrumme. Der von der Ammerländer Plockenräude gezeichnete kleine Wurm sollte später auf den Namen „Reinhardt" hören und seiner Mutter in Sachen Bequemlichkeit nicht nur das Wasser, sondern einen ganzen Ozean reichen können. Mit drei Jahren lernte er, sich selber zu kratzen, mit fünf konnte er schon „Mama, Plocken-Aua" sagen. Als er mit zehn Jahren eingeschult wurde, erwies sich „Plocken-Reinhardt" zur allgemeinen Verwunderung als flinker Rechner und Zahlenakrobat. Die mittlere Reife auf der „Horst-Wotan-Lütkesteert-Kreisrealschule" zu Bunkenstedt absolvierte er als Jahrgangsbester im Kopf- und Päckchenrechnen. Die Einweisung in das Finanzamt Osnabrück Land war da nur noch eine Formalität. Die mittlere Laufbahn bescherte ihm einen rasanten Aufstieg vom Din-A5-Formular-Lochergehilfen zum Mittelstandskoordinator des unteren Flurs in der Finanzbehörde – sehr zur Freude seiner Mutter Frieda. In seiner kargen Freizeit füllt er gerne das Kreuzworträtsel in der Fachzeitschrift „Du und Dein Finanzamt" aus, kopiert Ruckelfilme von Super 8 auf Video 2000 und frönt neben seiner Tätigkeit im Verschönerungsverein, dem Dach-Latt-Fu, einer niedersächsischen Variante der fernöstlichen Kampfsportart. Seine Frau Anita (geborene Ciciolka) teilt dieses Hobby mit ihrem Gatten, allerdings als passiver Part.
1984 führte Reinhardt die hochschwangere Sparkassenangestellte zum Traualtar, um ihr die Schande eines unehelichen Bankerts zu ersparen. Der Vater dieses Kindes ist jedoch nicht Reinhardt, sondern ein anonymer Spender auf dem Schützenfest in Plattengülle, 1983. Die Familie lebt im ausgebauten Karnickelstall bei Oma Frieda, die den Großteil des Hauses für sich selber behalten will.

Anita

Als älteste Tochter des Erbarbeitslosen Bogumil Ciciolka und seiner beiden Frauen Hildegard und Edeltraut wurde die kleine Anita als sechstes Kind unter fünf Brü-

Anita Ciciolka ist aus dem sündigen Bramsche ins Dorf zurückgekehrt – so einen scharfen Feger haben die Bengels aus Plattengülle überhaupt noch nie gesehen.

dern1960 geboren. Später kam noch ein kleines Mädchen als Nachkömmling dazu. Die Brüder stiegen beruflich in die Fußstapfen des Vaters, die hübsche Anita hingegen war ehrgeizig: 1966 Siegerin des Malwettbewerbs der Raiffeisengenossenschaft, 1969 längste Wollwurst beim dörflichen Stricklieseltreffen und 1972 Wahl zur Runkelkönigin des Altkreises. Obwohl sie nach dem Abitur viele Heiratsangebote von namhaften Runkelproduzenten bekam, zog sie dem Hausfrauendasein eine eigene Karriere bei der Kreissparkasse Bunkenstedt vor. Die Zweigstelle konnte aber auf Dauer einer hübschen und begabten jungen Frau nicht das bieten, was eine hübsche, begabte, junge Frau vom Leben erwartet. So zog es Anita in das brodelnde Bramsche der frühen Achtziger. Hier tauchte sie in die Künstlerszene der Bramgau-Metropole ein. Wolff Hartmann vom Willi Hartmann Sound Orchestra gehörte zu ihren Duzfreunden(!). Weitgehend ungeschwängert sah man sie plötzlich 1983 auf dem Schützenfest ihres Heimatortes – noch schöner und begehrenswerter als je zuvor. Im Alkoholnebel der vorgerückten Stunde kam es, wie es kommen musste: Der kleine Erwin lebt heute mit seinem Stiefvater Reinhardt und seiner Mutter auf 32 qm ausgebautem Kaninchenstall.

Dieter

Als ungewolltes Kind eines ungewollten Ehemannes hatte es der 1954 geborene kleine Dieter von Anfang an sehr leicht im Leben. Mutter Anneliese las ihm jeden Wunsch von den strahlend blauen Augen ab und verwöhnte den kleinen „Ditze" nach Strich und Faden. Mit zwölf Jahren ließ sich das schlaue, süße Kerlchen einen flaumigen Schnäuzer wachsen, um den französischen Austauschlehrer zu betören. Im Kartenraum kam es zu einem flüchtigen Getätschel, das für Monsieur Jules de Cul mit der Fremdenlegion endete (2ème batallion des parachutistes à Bobo-Dioulassou) und das für „unsen Dieter" der Beginn einer warmen Leidenschaft wurde. Folgerichtig studierte er Pädagogik (im mittlerweile 42. Semester). Wenn er nicht

Das „Ski-Gebiet“ am Rande des Dorfes, hier wohnen die Vertriebenen mit den -ski-Namen (Kowalski, Rosetzky, Sakratzki) und auch Familie Ciciolka: Letztes Haus, rechte Seite ganz oben, keine Innentoilette. Anitas Brüder pinkeln immer aus dem linken Fenster auf die Straße.

bei Mama Anneliese und Papa Heinz zum Wäscheabgeben und Essen weilt, lebt er in einer kleinen Studentenbude in sicherer Reichweite von zu Hause oder spielt Volleyball. Die Eltern versuchen an den Wochenenden immer wieder, ihm eine Frau zuzuführen. Dieter ist das sehr peinlich.

Ciciolkas

Anita „ihr seine Familie“, wohnhaft im „Ski-Gebiet“ am Nordwestrand des Dorfes. Die genaue Zahl der Familienmitglieder stand bei Drucklegung dieses Buches nicht fest. Man munkelt von verscharrten Onkeln, weggelaufenen Tanten und untergetauchten Basen und Säuren. Alle erwachsenen Söhne wohnen noch zu Hause und miegen aus dem Fenster, weil sie zu faul sind, die 200 Meter über den Hof zum Toilettenhäuschen zurückzulegen. Die jüngste Tochter, „das Kleene“, arbeitet bei Dr. Westphal als „IM Krankenakte“ im Auftrage der neugierigen Frieda. Ciciolkas Bogumil, Arbeitsloser in fünfter Generation, fährt nachts mit seinem Moped unter dem Decknamen „Hans Meyer“ (wg. betrügerischer Erschleichung von Transferleistungen aus dem Bundessozialgesetz) das „Plattengüller Scheiß-Werbeblatt“ aus. Verdächtig ist die Familie im Dorf allerdings, weil sie Unmengen an Fleisch grillt, fröhlich ist und dauernd lacht.

Sickendiecks

Der größte Bauer im Dorf (120 ha Acker bei 8 Bodenpunkten, 40 ha Wiese, 80 ha Mischwald, 150 Stück Milchvieh, 3000 Mastschweine, eine Frau). Wilhelm „Lumpi“ Sickendieck ist ein Neffe des verschollenen zweiten Ehemanns (Wilhelm) von Frieda Horstmannskötter. Im Hause leben noch Opa, Oma, Sohn Hartmut (38, schläft noch bei den Eltern und wartet auf Opas Kammer), Tochter Margitta und der lüttke Manfred („etwas schlicht, unser Mamfred“). Die beiden müssen so lange in der Landwirtschaft mithelfen, wie sie noch nicht verheiratet sind. Mutter Marianne versorgt die Alten, die Hühner, die Schweine, melkt die Kühe, schweißt die Trecker für den TÜV zusammen und hat letzte Woche noch eben das Schlafzimmer neu gefliest: „Mit seine Marianne, da hat Willem aber ne ganz ne Patente gekricht“.

Die Wittlager Kreisbahn überquert die Bienenstichgrenze bei Wehrendorf. Dahinter liegt das Land der Margarinefresser.

Bredemeiers

Heinrich Bredemeier, Tischlermeister und Nebenerwerbslandwirt (1 ha Brachland) und seine Frau Wilmine, geborene Ciciolka (von den Bunkenstedter Ciciolkas, dem erwerbstätigen Zweig der Sippe) haben überall Teppichboden und Edelvelours im Hause. Nach dem Trauerfall „Fido“ (starke Blutverunreinigungen auf der Auslegeware) rüstet Heinrich nach und nach das gesamte Haus auf Laminat um. Anneliese und Marianne kennen sich von der Frauenhilfe und tauschen sämtliche Neuigkeiten, Kochrezepte und Topfblumenableger untereinander aus: eine ganz dicke Sache.

Niewöhners

Die besten Feinde Frieda Horstmannskötters. Trotzdem teilt sie mit ihnen die Zeitung, die Türklinke, die Grabstelle (zurzeit untervermietet an Niewöhners), die Teller, die Katze und eigentlich alles. „Sag mal, Frieda, warst du mit deinen Rheuma bein Dokter?" – „Nein! Diese Woche haben Niewöhners das Rheuma!"

Höhnefelds

Die alten Höhnefelds, Gustav und Alwine, waren Friedas erste Nachbarn und die Eltern ihres ersten Mannes Hermann. „Nachkömmling" Günther, genannt der Treckerfahrer, bewirtschaftet den kleinen Klöterhof seiner verstorbenen Eltern, verdient sein Geld aber hauptsächlich mit Vorträgen vor Industrieverbänden, High Society und Politik (siehe auch die gesammelten Schriften „Von Gülle nach Geranien", Oldenburg, 2000).

Klötenkämpers

Der kleinste und feuchteste Hof des Dorfes (kein Land) wird von Friedas älterer Schwester Alwine und deren Mann Fitten durch Wasserabgaberente am Leben gehalten. In seinem angestammten Beruf des Katzenschlachters hatte Fitten nach dem Krieg kaum noch Arbeit gefunden. Die fünf Kinder aber gediehen prächtig, lernten sehr früh schwimmen und wanderten allesamt nach Übersee aus.
Fitten und Alwine sind bei jeder feuchtfröhlichen Feier dabei und immer die Letzten.

Vertriebene

Nach 1946 kamen zu den 250 Einwohnern von Plattengülle noch 280 Vertriebene ins Dorf. 1952 waren fast alle wieder weg, zum Teil sogar zurück nach Polen gegangen. Noch immer lebt die Erinnerung an die unglaublichen Weitspuckkünste von Herzls Fritzka in den Geschichten der Dorfbewohner fort. Das verbliebene Häuflein der Nachkriegssiedler wohnt heute am Dorfrande im so genannten Ski-Gebiet: Rosetzky, Sakratzki, Konetschny, die Brewuschats, Raschuleits und wie sie alle heißen.

Die Horstmannskötterei in der Gegenwart.
Von der vergangenen Pracht ist nicht mehr viel zu erkennen.
(Vor der Dielentür: 200-Liter-Fass Ködel & Böhm flüssig, im Hintergrund: Reinhardts alter Fiat 128)

Schwester Birgit

Mobile Klauenpflege für jedermann. „Die Schwester Birgit, wo alle Schwester Birgit zu sagen" ist eine ansehnliche junge Frau, der man viele Techtelmechtel nachsagt, weil ihr gelber Wagen überall parkt. In Wahrheit aber ist sie eine engagierte Pflegerin und verhindert erfolgreich, dass die Maul- und Klauenseuche unter den Dorfbewohnern wieder ausbricht.

Traugott G. Prczybilla

Der Superintendent des Kirchenkreises Prölle begann seine Laufbahn bei der Bad Gandersheimer Negermission und war selbst acht Jahre als Missionar in Baba Gandasham/Kongo tätig. Zurück in Deutschland setzte er sich an die Spitze der Bewegung „Eine Ackerschiene für Baba Gandasham". Die Gläubigen strömen von nah und fern in die Gottesdienste, wenn Prczybilla eine seiner wütenden Predigten von der Kanzel schmettert. Er lehrt die Leute das Fürchten und ist berüchtigt für seinen ungeheuren Appetit auf Zuckerkuchen bei hohen Geburtstagen. „Wo sind die drei Bleche für den Supendent?"

Wo sind die Schweinehälften halb so groß wie ein Schwein?
Wo sind die Hühnerställe für die Hühner viel zu klein?
Bei Frieda und Anneliese – gäbs doch noch mehr wie diese –
dann gings bergauf mit dem Land.

Borgmeyers Lieselotte

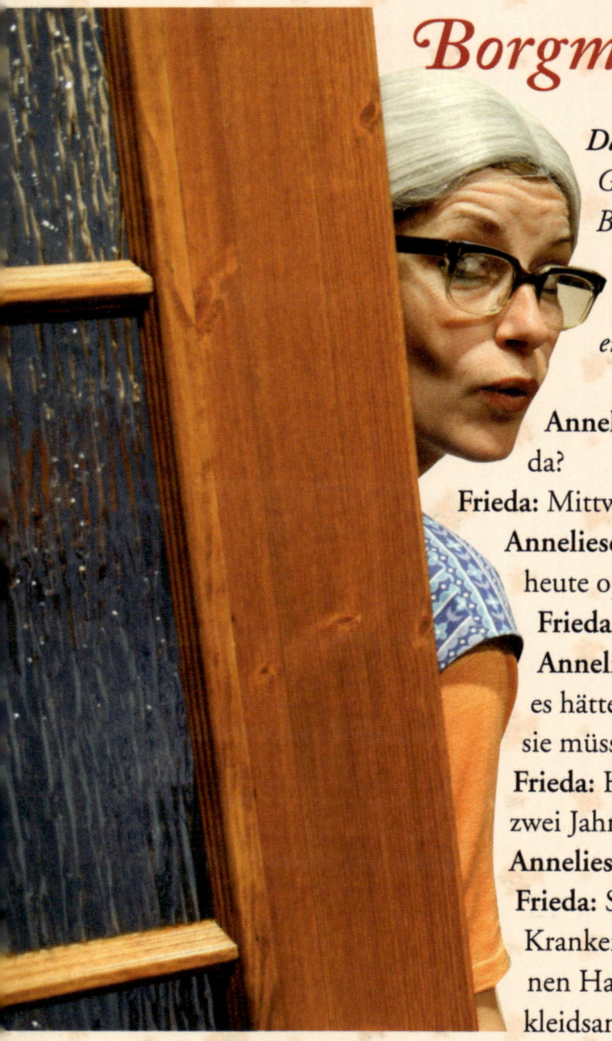

***Das Schicksal anderer** ist erst einmal Gegenstand der Neugier und weniger des Bedauerns. Und mögen die Prüfungen auch noch so bitter sein, können sie doch nie mit der Wichtigkeit alltäglicher Dinge im eigenen Leben konkurrieren.*

Anneliese: Was is denn heute fürn Tag, Frieda?

Frieda: Mittwoch, wieso?

Anneliese: Dann is Borgmeyers Lieselotte heute operiert worden.

Frieda: Och wie schön!

Anneliese: Ja, hätte Doktor Meyer gesagt, es hätte alles keinen Zweck mehr, sie müssten wieder „schneiden".

Frieda: Hatten se Lieselotte nich erst vor zwei Jahren die Drüsen weggeschnitten?

Anneliese: Und letzt Jahr die Organe, Frieda.

Frieda: Stimmt, erinnere ich mich dran, der Krankenwagen fuhr mit Blaulicht bei uns annen Haus vorbei und ich hatte den äußerst kleidsamen Kittel aus Diolen loft an.

Anneliese: Was doch fürn bedauernswertes Menschenkind – man wundert sich, was son Mensch alles aushalten kann. Ich bin ja mit Lieselotte eingeschult worden, was war das doch für ein lebensfrohes Kind. Und keine 60 Jahre später, da liegt se bein Doktor aufn Tisch! Wie's manchmal eben so plötzlich kommen kann. Ich hab schon '43 gesagt, als Wilhelm nich mehr zurückkam: Lieselotte, das ist dein letzter Schicksalsschlag womöglich noch nicht gewesen. Weiß ich noch wie heute, ich hatte damals son blau gepunktetes Kleid mit sonen niedlichen kleinen Stehkragen, was sah ich da doch immer adrett mit aus …

Ja, und als dann '74 Marlies auch noch die Begebenheit mit dem Heuaufzug hatte, da dacht ich auch, was müssen manche Mütter doch aushalten.

Frieda: Ich weiß noch, Marlies' Beerdigung war direkt nach 'n Sommerschlussverkauf, und ich war doch so adrett in den Dralonkostüm ausse Fundgrube.

Anneliese: Als ob das noch nich genug wäre, klauen se ihr aufe Beerdigung das neue Bonanza-Rad anne Friedhofsmauer weg.

Frieda: Hatte gesteppte Biesen vorne rüber, so was Schönes. Und alles 100% Dralon.

Anneliese: Und denn kam1981 noch ihr Bruder ausse Gefangenschaft. Glaub man, dass das für Lieselotte auch etwas plötzlich kam.

Frieda: Ja, weiß ich noch wie heute, der Briefträger hatte gerade das Trevira-Kostüm mit den wunderschönen Zwiebelmuster aussen Pingelkatalog vorbeigebracht. Och, was sah ich adrett aus. Hatte sich Lieselotte auch gerade da bestellt. – Wollen Borgmeyers Lieselotte denn noch zurücknehmen oder soll se gleich weg, Anneliese?

Anneliese: Soll wohl ins Hermann-Göring-Heim überwiesen werden.

Frieda: Heißt das nich heute anders?

Anneliese: Mag wohl sein, unse sagen immer noch „Hermann-Göring-Heim".

Frieda: Dann is die Beerdigung auch wohl bald. Och, was trage ich denn da bloß?

Anneliese: Zieh doch das adrette Trevira-Kostüm aussen Katalog an.

Frieda: Och was, das will Lieselotte sicher selbst tragen – innen Sarg.

Der Schweinefuß

Das Märchen von der Hausmannskost bestimmt noch immer die alltägliche Ernährungssituation. Auch wenn deren Zutaten alle längst aus Dosen, Tüten und Truhen stammen, so liegt der Ehrgeiz einer wahren Hausfrau darin, aus dem an sich schon gruseligen Fertigfraß ein noch größeres Horrormahl zu zaubern.

Frieda: Wenn ich alleine bin, dann koch ich nich groß.

Anneliese: Nä, da hat man dann auch keine Lust zu.

Frieda: Hol mir einfach nen paar Schnitzel ausse Truhe, und dann gibs bein Wagen diese herrlichen Pommes Fritz, die man bloß in Fett schmeißen muss – ja, ne Dose Erbsen dabei und fertig!

Anneliese: Jaha, das muss auch mal reichen, is ja auch gar nich gut, jeden Tag so viel zu essen.

Frieda: Und ich sage mir, besser als wenn man inne Wirtschaft essen muss.

Anneliese: Ooch, das is ja gar kein Vergleich. So Hausmannskost – die wird man auch längst nich so schnell Leid.

Frieda: Wo du's sagst, Anneliese, ich habe letzte Woche mal, als Reinhardt und Anita da waren, Würstchengulasch gemacht.

Anneliese: Ooch!

Frieda: Was waren se da alle von begeistert: Mutti, sagte Reinhardt nachher bein Abtrocknen, wenn du kochst, das is als wenn Weihnachten und Totensonntag auf einen Tach fallen.

Anneliese: Hört man dann schließlich auch mal ganz gerne, nich Frieda.

Frieda: Und is so schnell gemacht: einfach Würstchen ausse Dose in die Soße ausse Tüte über die Nudeln ausse Packung und obendrauf noch Sahne aus diesen „fft-fft".

Anneliese: Muss ich mir nachher mal aufschreiben das Rezept, Frieda. Unse essen ja einmal gern …

Frieda: Unse essen auch gern mal nen Schweinefuß.

Anneliese: Nä, was ich sagen wollte: unse essen …

Frieda: Den Fuß ausse Truhe, Schweinefuß-Fix ausse Tüte, Püree ausse Packung.

Anneliese: Ich meinte, Frieda, was ich meinte, war …

Frieda: Und obendrauf noch etwas Sahne aus diesen „fft-fft".

Anneliese: Ich wollt sagen, unse bringen sich ja um für meinen selbst gemachten Fleischsalat.

Frieda: Och, selbst gemacht?

Anneliese: Jaha! Ich nehm immer die günstige Mayonnaise aus 'n Eimer.

Frieda: Die haben wir auch immer …

Anneliese: Und dann diese Wurstüberraschungspakete, die se manchmal anne Fleischtheke in'n Hupamarkt haben.

Frieda: Och, was ne schöne Idee!

Anneliese: Ja, selbst gemacht is eben doch was anderes als so ausse Packung.

Frieda: Selbst wenn mal wenig Zeit is und mal ne Packung einfach warm gemacht werden muss, weil unangemeldet Besuch kommt, dann kann man immer noch verfeinern mit Sahne aus diesen „fft-fft".

Bredemeiers Fido

***Hunde** leben auf dem Lande viel freier als in der Stadt, müssen allerdings ständig damit rechnen, auch mal erschossen zu werden – das ist der Preis der Freiheit. Immerhin werden sie nicht ertränkt oder mit dem Trecker überfahren wie Katzen, an die Scheunentür genagelt oder lebend an einem Fuß in den Kirschbaum gezogen wie die Krähen oder mit dem Hammer erschlagen wie die kleinen Ferkel. Es geht ihnen also verhältnismäßig gut.*

Frieda: Hakenschniepels Gustav hat Bredemeiers Fido gestern totgeschossen.

Anneliese: Dass die den Hund aber auch nicht festbinden können!

Frieda: Och was, der lag bei Bredemeiers inne Küche vorn Fernseher. Guckten alle Tagesschau, kam Gustav mitn Püster rein und hatn direkt in Kopp geschossen.

Anneliese: Schön ist das nich, nen Hund während der Meldungen totzuschießen.

Frieda: Zumal Fido auf Opas Füße lag und es wohl auch nen glatten Durchschuss war.

Anneliese: Hat Gustav denn noch mehr erschossen inner Küche?

Frieda: Heute morgen sagten se, Oma hätte auch geblutet, aber geläutet haben se noch gar nicht.

Anneliese: Och, denn war der Wagen vonne Tierverwertung sicher für den Hund!

Frieda: Nä, das glaub ich nich, den toten Fido hatte heute der Briefträger hinten aufn Gepäckträger.

Anneliese: Och, der kommt ja auf seine Tour sowieso an Kanal vorbei, denn mussten Bredemeiers nicht extra los!

Frieda: Jetz müssen se aber doch extra los wegen den blutigen Teppichboden!

Anneliese: Ich hab doch damals noch zu Reinhardt gesagt: Teppichboden inne Küche, was das doch ne Schweinerei …

Frieda: Ja, lass da bloß mal ne Schießerei sein inne Küche, schon hat man den Salat.

Anneliese: Bredemeiers haben den Schusswechsel doch geradezu herausgefordert mit ihrn Edelvelours. Alles Edelvelours … ich hör Bredemeiers Wilmine noch prahlen im Frühgottesdienst: Was is diesen schäbigen Marmor doch fußkalt gegen unsen Edelvelours, man mag bald nich mehr inne Kirche gehen.

Frieda: Aber was is Marmor doch dankbar gegen Edelvelours wenn 'n Hund drauf erschossen wird …

Anneliese: Och, Frieda, warum hat Hakenschniepels Gustav den Fido denn überhaupt totgemacht?

Frieda: Och, hab ich das gar nicht gesagt? Hakenschniepels Lassie is doch wieder läufig!

Anneliese: Joh, wer will das Gejaule von den Fido denn auch immer an Kopp ham.

Frieda: Das stimmt, um des lieben Friedens Willen muss ab und zu mal jemand erschossen werden.

Frühlingsbeginn

Frieda: Oooch wie schön, heute fängt das Frühjahr an, alles blüht ringsherum, die Meisen zirpen …

Anneliese: Bei dir zirpt auch ne Meise, Frieda, in deinen Döskopp. Das heißt doch bloß „Frühlingsbeginn", das bedeutet doch nich, dass auf einen Schlag heute alles blüht oder zirpt.

Frieda: Ich habe es genau beobachtet: Bis gestern zirpte noch nix, und heute Morgen um sechs war es ein Gezirpe im Garten.

Anneliese: Haste den Meisen nen Kalender nach draußen gehängt, damit die wussten, wann se mit Zirpen anfangen mussten?

Frieda: Was für Meisen?

Anneliese: Die bei euch angeblich im Garten gezirpt haben heute Morgen um sechs.

Frieda: Das waren doch keine Meisen – das war unser Reinhardt, der wollte mir eine Freude machen. Jedes Jahr zu Frühlingsbeginn stellt sich Reinhardt um sechs in den Garten und zirpt.

Anneliese: Und seine Anita, zirpt die auch?

Frieda: Anita steht daneben mit einen Regenwurm im Schnabel. Ooch was für ein schönes Frühlingsbild.

Anneliese: Bei euch sind se doch alle verrückt.

Frieda: Reinhardt hat mir heute Morgen schon einen Strauß Osterglocken an die Kaffetafel gebracht.

Anneliese: War er da fertig mit Zirpen draußen im Garten?

Frieda: Gezirpt wird nur bis um sieben, danach setzen Reinhardt und ich uns an die festlich gedeckte Kaffeetafel.

Anneliese: Und Anita, was is mit den?

Frieda: Die steht noch mit dem Wurm im Schnabel im Garten, dass Reinhardt und ich auch was zu gucken haben bein Kaffee.

Anneliese: Wir machen da nich so nen großen Bohei um, wenn der Frühling anfängt. Unsen Heinz is heute Morgen mitn Güllefass ins Bruch gefahren.

Frieda: Güllefahren aufn Sonntag?

Anneliese: Ja, was meinst du denn, dass die Kühe sonntags die Mäse zukneifen und erst montags wieder putken?

Frieda: Habt ihr denn keinen Güllesammelbehälter?

Anneliese: Den hat sich unsen Dieter als Studio ausgebaut.

Frieda: Ooch, Studio! Was studiert er denn da drin?

Anneliese: So nennt man heute diese modernen Wohnungen. Dieter wollte was haben, wo nich alle Nachbarn sofort reingucken können, und da hat er sich den Güllebehälter ausgebaut.

Frieda: Was macht er denn da, was nich alle wissen sollen?

Anneliese: Dieter hat sich so ne lütke Existenz aufgebaut, er verkauft so Videokassetten und die kopiert er da in sein Studio.

Frieda: Oooch, Videokassetten, kann er unsen Reinhardt ja mal eine geben, der hat auch son Gerät.

Anneliese: Ooooch, ich glaube, das is nix für euern Reinhardt, lass den man weiter zirpen.

Frieda: Isser schon längst mit fertig.

Anneliese: Was wollte denn eigentlich der Krankenwagen da heute Mittag bei euch.

Frieda: Hat Anita abgeholt.

Anneliese: Hatte Reinhardt sie wieder vertrümmt?

Frieda: Nä. Hatte sich ne Tetanus-Vergiftung geholt von den Regenwurm, den se im Schnabel gehalten hatte den ganzen Morgen.

Anneliese: Is die denn nich geimpft?

Frieda: Das täte nicht nötig, hat Reinhardt gesagt, das Geld könnte man auch sparen, es reicht, wenn er geimpft wäre.

Anneliese: Und warum nimmt er dann nich den dreckigen Wurm innen Mund und lässt Anita zirpen?

Frieda: Ooch, Anita und Zirpen, das geht doch niemals gut.

Anneliese: Unsen Heinz hat erzählt, euer Anita läuft schon mittags nache Bude hin.

Frieda: Sücho, wenn se was vergessen hat für Mittagmachen, Maggi oder Mondamin oder so was.

Anneliese: Hätte aber immer ne große Plastiktüte dabei, die so verdächtig klimpert.

Frieda: Ich sagte ja bereits: Maggi, das gibs ja bloß in Flaschen.

Anneliese: Jeden Tag mehrere Flaschen Maggi?

Frieda: Reinhardt is da ganz verrückt nach, der tut sich sogar Maggi innen Kaffee.

Anneliese: Könnte es nich auch sein, dass sich den Anita da jeden Tag nen paar Pülleken Bier vonne Bude holt, wo ihr gar nix von wisst.

Frieda: Nä, Anita hat ja kein eigenes Portemonnaie, das wüsste ich ja, wenn sie sich so was holte.

Anneliese: Dieter hat sie aber auch schon mal neulich kurz nach Mittag kanonendicke in Graben gefunden.

Frieda: Und was hat er gemacht?

Anneliese: Liegen lassen! War ja bloß euern Anita! Bösekämpers Willi stand gestern inne Zeitung.

Frieda: Woran is er denn gestorben?

Anneliese: Nä, er ist zun Vorsitzenden vonnen Verschönerungsverein ernannt worden.

Frieda: Ooch, dann will der ja hoch hinaus.

Anneliese: Reinhardt, is der nich auch in Verschönerungsverein? Bei den hats wohl noch nich zu einen Posten gereicht.

Frieda: Reinhardt gibt nich viel auf weltlichen Ruhm.

Anneliese: Nä, das reicht ja auch, wenn er einmal im Jahr bei dir vorn Schlafzimmerfenster an Zirpen is.

Frieda: Glaub nich, dass ich deine Kritik nich raushöre, Anneliese. Aber ich möchte nich wissen, was dein Dieter in seinen Güllestudio alles fürn Schweinkram macht.

Anneliese: Jedenfalls isser da nicht drin am Zirpen.

Frieda: Unsen Reinhardt, den lass man laufen, der weiß noch, was eine Mutter is.

Anneliese: Dafür lässt er seine Frau verkommen.

Frieda: Reinhardt sagt immer: Mutter hat man nur eine, Ehefrauen kann man Tausende heiraten.

Anneliese: Wenn die eine verbraucht is, kommt die nächste.

Frieda: Verbraucht!? Anita, die lebt doch bestimmt gut und gerne noch zwei, drei Jahre.

Anneliese: Is ja auch nich das meiste für ne Frau Mitte dreißig.

Frieda: Für Reinhardt wärs das Beste.

Anneliese: Sach mal, beie Sparkasse wär se auch rausgeflogen, hab ich gehört?

Frieda: Reinhardt hat aus Dölmerei letzten Monat vore Eingangstür vonne Sparkasse nen Geschäft gemacht.

Anneliese: Euer Reinhardt? Hat vore Kasse geputket?

Frieda: Ja, wie das denn so is: Er hatte sich geärgert, dass se ihm Überziehungszinsen berechnet hatten, obwohl er mit eine vonne Kasse verheiratet is.

Anneliese: Und deswegen hat er denen vore Tür gekackt?

Frieda: Nich direkt. Er hat sich den Stuhl von Anita besorgt un den Chef morgens auf seinen Parkplatz gelegt. Un der is da auch prompt reingetreten. Jedenfalls konnte man das sehen, dass das keine Hundeköddel waren, weil da überall noch Papier zwischen war und der Chef hat den Stuhl untersuchen lassen. Im Vergleich zu allen Proben von den Angestellten und allen Kunden stellte sich dann raus, dass das Anita ihn seine Köddel waren.

Anneliese: Und Anita is dann rausgeflogen? Aber da hätte Reinhardt doch einiges richtig stellen können.

Frieda: Reinhardt wollte sich nicht blamieren, dann hätten doch alle gesagt: Er könnte nich mal ordentlich putken, dass er sich den Stuhl von seiner Frau besorgt.

Anneliese: Aber Anita ist jetzt unschuldig ruiniert.

Frieda: Unschuldig, unschuldig, wer weiß, was die heimlich aufn Kerbholz hatte.

Anneliese: Und seit diesen Vorfall inne Kasse, hängt Anita anne Flasche?

Frieda: So schlimm isses nu auch wieder nich. Zwei, drei Kisten Bier am Tach, mehr sind das gar nich.

Anneliese: Für so nen hennigen Spucht wie euren Anita sind zwei Kisten Bier aber doch ne ganze Menge.

Frieda: Is aber auch viel Schaum in so nen Glas.

Anneliese: Was sagt denn Reinhardt dazu?

Frieda: Was soll er schon sagen, sie is ja nich mehr ganz bei Trost. Seitdem se den Regenwurm immer im Mund halten muss beim morgendlichen Gezirpe, glaubt Anita, sie wär ne Kohlmeise.

Anneliese: Ooch herrje! Erzähl weiter.

Frieda: Sie ernährt sich bloß noch von Würmer und Meisenringe und sitzt den halben Tag im Baum.

Anneliese: Ooh was doch 'n Elend.

Frieda: Damit die Nachbarn das nich erkennen können, hat Reinhardt Anita letzte Woche grün angestrichen.

Anneliese: Grün angestrichen!

Frieda: Ja, dann fällt se doch nich so auf jetzt im Frühling, wenn se im Baum sitzt.

Anneliese: Wärs nich besser, euern Anita käm aufn Gertrudenberg ins LKH?

Frieda: Jetzt im Frühling, wenn die Brutperiode beginnt?

Anneliese: Brütet Anita denn?

Frieda: Das Nest hat se schon fertig, und Reinhardt bringt ihr nächste Woche zwei große Gipseier mit, da kannse sich dann mitte nackte Mäse draufsetzen.

Anneliese: Aber irgendwann fällt das doch auf, wenn da nix draus schlüpft.

Frieda: Dann schiebt ihr Reinhardt heimlich drei Legehennen unter, die kann se dann versorgen. Und wir haben immer frische Eier. So is dann aus Anita doch noch was Vernünftiges geworden.

Anneliese: Aber eine Ehe kann man das doch auch nich mehr nennen, wenn die Frau mit drei Hühnern den ganzen Tag aufm Baum sitzt.

Frieda: Was sich nich alles Ehe nennt. Der alte Wortmann lebt mit zwei Stuten im Pferdestall, das soll Meta auch wohl nich passen, aber sie muss auch schweigen.

Anneliese: Was machst du denn heute noch am Sonntag, kriegt ihr Besuch zun Kaffee?

Frieda: Sickendiecks wollten womöglich auf ne Tasse vorbeikommen, die müssen ja auch mal ne Stunde weg von zu Hause.

Anneliese: Ja, hab ich gehört, den Opa gehts gar nich gut.

Frieda: Ja und wenn se immer da sind, dann kann der gut und gerne noch jahrelang so weiterleben.

Anneliese: Das wollen Sickendiecks sicher auch nich.

Frieda: Manfred wartet doch schon auf das Zimmer, er is jetzt 38 und schläft immer noch bei den Eltern.

Anneliese: Auf Dauer is das nix, wohl für ne Übergangszeit.

Frieda: Ja, aber ich sage auch, wenn die Kinder vierzig werden, dann muss Schluss damit sein.

Anneliese: Wie alt ist denn euer Reinhardt?

Frieda: Neununddreißig.

Anneliese: Dann muss der ja auch bald bei dir ausziehen.

Frieda: Seine Schlüpfer und alles hat er ja auch schon ins Eheschlafzimmer gebracht, jetzt wo Anita da nich mehr is und aufm Baum übernachtet.

Anneliese: So findet sich alles im Leben mit der Zeit.

Frieda: Das sag auch man, Anneliese. So, ich will da durch, ich muss noch Kuchen auftauen für heute Nachmittag.

Anneliese: Jaha. Schüss Frieda, ich geh auch.

Frieda: Schüss!

Der einfache Arbeiter

***Arbeiter** – ein lebenslustiges Volk, fortpflanzungsorientiert, dem Suff ergeben und auch allen anderen Versuchungen des Teufels nicht abgeneigt: Illustrierten-Abos, gekaufte Wurst, nach 22 Uhr noch Licht an. Mithin ein Pack, das an seinen Platz gehört, vorzugsweise vorne auf das Moped in Richtung schlecht bezahlter Spätschicht im Zementwerk.*

Anneliese: Gestern innen HUPA-Markt, ohh, vor mir anne Kasse stand Frau Brewuschat. Hatte drei Stücke von den teuren Käse für 3 Mark 80 innen Wagen.

Frieda: Ja, Anneliese, wenns dem einfachen Arbeiter zu gut geht, dann is was faul im Staate.

Anneliese: Der älteste von Brewuschats geht sogar aufe Oberschule statt wie sein Vater nachn Zementwerk hin.

Frieda: Ja, was könnt er da immer schön mitfahren morgens hinten aufn Moped.

Anneliese: Nä, da sitzt doch schon immer der alte Jeschke – und auf das Spritgeld, da sollen die auch wohl schlecht drauf verzichten können.

Frieda: Nu lass doch mal das Moped kaputtgehen, dann is aber bei Brewuschats Matthäi am Letzten.

Anneliese: Was is denn mit den Mädchen, gehen die auch alle noch nache Schule?

Frieda: Roswitha und Beate machen ne Lehre inne Knochenleimfabrik, Hurricke arbeitet seit se vonne Schule is inne Kläranlage.

Anneliese: Och, dann haben se die ja fein untergebracht. Musste das denn sein, dass se den ältesten abselut nache Oberschule hinschicken.

Frieda: Der soll aufe Grundschule wohl schlau gewesen sein.

Anneliese: Schlau, wer is nich alles schlau.

Frieda: Ruckzuck werden se überschlau – solche!

Anneliese: Ja, wer aus schlichten Verhältnissen stammt und dann so vergeistigt wird, der verkraftet das nich.

Frieda: Ruckzuck werden se abgeholt.

Anneliese: Arbeiter nähre dich redlich.

Frieda: Wie oft hat unser Reinhardt schon erzählt, dass die ganze Brewuschat-Bagage in Garten gesessen hat und wären lauthals an Singen und Lachen.

Anneliese: Wenn der einfache Arbeiter singt und lacht, dann is was faul im Staate.

Frieda: Dagegen unser Reinhardt: Hat sein herrliches Auskommen und Anita – aber an Lachen is bei den doch gar nich zu denken.

Anneliese: Nä, allein zeitlich, wann sollte er das doch wohl noch dazwischenkriegen.

Frieda: Aber son einfachen Brewuschat, der lebt am Leben vorbei.

Der grüne Mantel

Die Mode geht bei den alten Damen eigentümliche Wege. Grundsätzlich gibt es zwei Kriterien, die den Wert eines Kleidungsstückes ausmachen: „Passt so zu allem" und „kann man noch lange tragen" – zwei Eigenschaften, die geradezu im Gegensatz zum Gedanken der Mode an sich stehen. Modische Veränderung findet dann nicht durch Neukauf statt, sondern durch ständiges Umarbeiten der vorhandenen Garderobe. Legendär sind das aus einer Hakenkreuzfahne genähte Frühlingsfähnchen fürs Frollein oder das zig Mal umgefärbte Brautkleid, bis es schließlich in Schwarz zum letzten Hemd wird.

Frieda: Oh, ich bin morgen zum Rhabarbereinkochen bei Sickendiecks eingeladen. Und ich weiß doch gar nich, was ich anziehen soll! Vor allem, welchen Mantel …

Anneliese: Hast du nicht den grünen?

Frieda: Den grünen – der ist doch noch von vore Währung, den trägt unse

Reinhardt doch wohl schon seit acht Jahren aufn Finanzamt nach.

Anneliese: Den grünen doch nicht, den andern!

Frieda: Welchen andern grünen, Anneliese?

Anneliese: Den einen, den du immer trägst, weißt du genau!

Frieda: Den blauen mit den Chiffon-Kragen?

Anneliese: Chiffon-Kragen, was denn um Himmels willen fürn Chiffon-Kragen?

Frieda: Der an dem blauen ist.

Anneliese: Wo hast du denn wohl nen blauen mit 'n Chiffon-Kragen, Frieda?

Frieda: Den mir Rittmeisters Martha im letzten Sommer so akkurat umgeändert hat.

Anneliese: Chiffon-Kragen, Chiffon-Kragen, das is doch kein Chiffon-Kragen!

Frieda: Und wenn das man wohl doch 'n Chiffon-Kragen is, Anneliese!

Anneliese: An den grünen is jedenfalls kein Chiffon-Kragen!

Frieda: Ich hab überhaupt gar keinen grünen.

Anneliese: Ach? Und was war das, was du am 3. März 1968 um Viertel nach zwei auf der Beerdigung von Nesemeiers Willem anhattest?

Frieda: Da bin ich gar nich gewesen, Anneliese!

Anneliese: So, und wer war das mit den grünen Mantel? Ich kenn überhaupt gar keinen einzigen ausse Samtgemeinde, der 'n grünen Mantel hat, außer dir, Frieda!

Frieda: Das is 'n blauen!

Anneliese: Nicht den mit den Chiffon-Kragen!

Frieda: Eben hast du noch gesagt, das wär kein Chiffon-Kragen!

Anneliese: Auf den grünen, das is kein Chiffon-Kragen!

Frieda: Wo ich ja auch gar keinen grünen hab, nehm ich auch nicht an, dass auf einen Mantel, den es gar nich gibt, auch noch ein Chiffon-Kragen drauf is!

Anneliese: Frieda, warum streitest du das eigentlich ab, dass du schon nen grünen hast, meinetwegen kannst du dir gern noch 'n grünen kaufen, Frieda, meinen Segen hast du. Geh nach 'n Brenninkmeier hin und kauf dir noch 'n grünen Mantel, passt auch so zu alles, son schlichtes Grün, und son Übergangsmantel, der trägt sich ja auch immer so dankbar. Nein, Frieda, kauf dir noch 'n grünen Mantel, da kannst du nix verkehrt machen!

Frieda: Aber ich hab doch schon den grünen!

Anneliese: Frieda, woran is dein Hermann damals gestorben?

Frieda: Der is doch im Krieg geblieben, Anneliese, das weißt du genau!

Anneliese: Freiwillig womöglich!

Anita ihr sein Onkel

Wer mit wem verwandt ist, bedeutet sehr viel auf dem Lande und macht neunzig Prozent aller Gespräche aus. Verwandtschaft bedeutet nämlich immer auch Erbberechtigung, und darauf läuft ja das ganze Leben hinaus: warten bis jemand mit Geld stirbt und dann das Erbe aufteilen.

Frieda: Bredemeiers, die ham ja vielleicht …

Anneliese: Welche Bredemeiers?

Frieda: Reinhardt seine Anita seine Bredemeiers, Anneliese.

Anneliese: Ach so.

Frieda: Jedenfalls, Reinhardt sagt, Bredemeiers, die ham ja vielleicht ein Haus, da müssen sogar Sickendiecks passen.

Anneliese: Welche Sickendiecks?

Frieda: Die mit den unegalen Kindern.

Anneliese: Die älteste, die soll ja gar nich von ihn sein. Als '56 die Straße gebaut wurde, oooh, da war da doch son stattlichen Kolonnenführer … Sag mal, Frieda, is euern Reinhardt nicht auch Jahrgang '57?

Frieda: Nicht so doll wie euer Dieter! – Spielt ja auch keine Rolle. Jedenfalls, was wollt ich sagen … Reinhardt seine Anita seine Bredemeiers, davon der Onkel, der zieht ja jetzt …

Anneliese: Ihn sein oder ihr sein Onkel?

Frieda: Was?

Anneliese: Ich mein, ist das von ihn seine Seite oder von ihr seine Seite ihn sein oder ihr sein Onkel?

Frieda: Zweiten Grades.

Anneliese: Ach so.

Frieda: Jedenfalls, was wollte ich sagen, von Anita die Bredemeiers – Reinhardt seine Anita – davon diesen Onkel, der war verheiratet m…

Anneliese: Och.

Frieda: Was?

Anneliese: Och.

Frieda: Ach so. Der hat damals ja Beckmanns Lisbeth gekriegt …

Anneliese: Die mit den einen Fuß?

Frieda: Hmh. Aber auch mit den andern. Is ja früh gestorben damals …

Anneliese: Maul- und Klauenseuche!

Frieda: Anneliese, das glaube ich nicht, jedenfalls haben von

Reinhardt ihn seine Anita seine Bredemeiers diesen Onkel …

Anneliese: Den Beckmanns Lisbeth damals gekriegt hat?

Frieda: Diesen Onkel nun in den Anbau, wo sonst die Flüchtlinge …

Anneliese: Herzls.

Frieda: Was?

Anneliese: Herzls.

Frieda: Ja. Den Anita seinen Bredemeiers Onkel von Reinhardt zweiten Grades soll nun in den Anbau …

Anneliese: Wie geht's Herzls Muttl?

Frieda: Is die nicht sogar schon tot? Jedenfalls hat Anita zu Reinhardt gesagt – neulich bei Bredemeiers – wenn diesen Onkel nun in den Anbau …

Anneliese: Herzls Fritzka, weiß ich noch, der konnte immer so weit spucken!

Frieda: Anneliese?

Anneliese: Jaha.

Frieda: Irgendwann schütt ich dir was in Kaffee.

Anneliese: Oh, is noch was da?

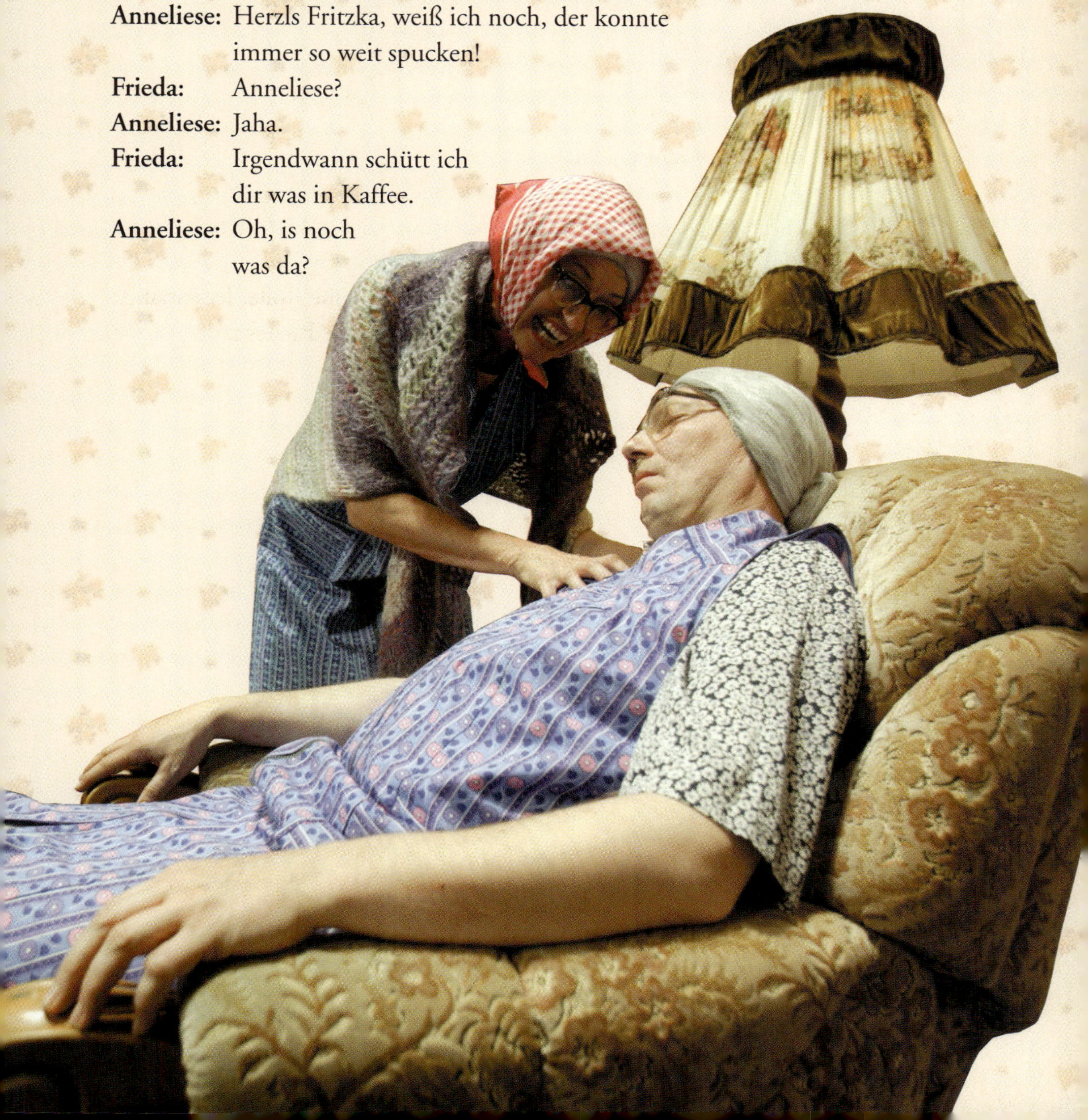

Was so los ist, wer so vorbeikommt

Der Bürstenkerl	verkauft zum Schein Reinigungsgeräte, um sich an „lustige Witwen" ranzumachen
Der Pöttekerl	dieselbe Nummer mit Töpfen und Pfannen
Der Junghennenkerl	bringt legereife Hühner vorbei
Der Seifenonkel	verbimmelt Gall- und Neutralseife. Wer nix bestellt, muss fünf Euro bezahlen
Der Trichinenbeschauer	guckt sich das tote Schwein an und trinkt danach Schluck
Zeugen Jehovas	so Komische ausse Siedlung
Der Wagen 1	Lebensmittelhändler, der so alles hat
Der Wagen 2	Bestattungsunternehmer
De Lünker (Lumpenhändler)	tauscht Wollreste gegen bunte Kugelschreiber
Zigeuner	klauen
Holländer	bescheißen
Der Pastor	an hohen Geburtstagen (70, 75, 80, ab dann jährlich)

Rucksackbulle	bringt Bullensperma rum (Kennzeichen: rechter Ärmel hochgekrempelt)
Icker	Kadaverwagen der Tierkörperverwertungsanstalt Osnabrück-Icker
Der lütke Schulbus	holt die Kinder zur Sonderschule ab
Besuch	kommt immer sonntags zum Kaffee, stinklangweilig, geht dafür aber schon um sechs
Futtermittelvertreter	verteilt die illegalen Drogen für Ferkel und Kälber
Fremde	fragen nach dem Weg
Deutemeyers Wilma	sammelt immer für irgendwas
Schmutzicks	tanzen nach Mundharmonikamusik für Geld
Versandhauswagen	bringt Blödsinn in die Siedlung zu den Leuten, „die sich dauernd was aus ’n Katalog bestellen“

De verfuulte Mäse

***Krankenbesuche** – Wer zuerst tot ist, der hat verloren – das ist das Lebensmotto unserer beiden alten Damen. Und der Reiz des Alters besteht nun darin, die Ernte und Triumphe eines gelebten Lebens einzufahren: Beerdigungen alter Feinde zu besuchen, oder noch besser, diesen auf dem Sterbebett bei eigener bester Gesundheit noch mal gehörig die Meinung zu sagen.*

Frieda: Ick bin gistern bi Wilkenschnieders up Besöik wiarn.

Anneliese: Bi Alma? Dat schall dock so laige liggen. Oll siet Wiehnachten.

Frieda: De Mäse verfuult, vortellt se.

Anneliese: Un wor sütt' ut. Kümp et no mol upn Damm, Frieda?

Frieda: Von wegen „verfuulte Mäse", Alma juchheede dor uppe de Dial rümme os upn Danzbüan. Dor was mi de Besöik oll verdurben.

Anneliese: Wat doch ne Unverschämtheit van sücke.

Frieda: Quirlt man sik to Foode dör de ganzen Schmoratzen no de Wilkenschniederie, un dann löp ejnen de Dautkranke uppe Dial inne Möjte.

Anneliese: Hadd'm nich dacht, dat Alma dor no wiär dörgröinde.

Frieda: Ik hadde sogar ne Flasken Pepsinwein kofft van Stechm. De hev ik dan glieks upn Messhaup schmiaden, as Alma äs son Bütken üawer de Dial juchheede. Dor was mi de düüre Pepsinwein dann doch to schaa to.

Anneliese: Wecke hadde dat denn vortellt, dat Alma de Mäse verfuult was?

Frieda: Ooch, dat lütkeste van Ciciolkas, dat arbeet ja bi Dr. Westphal innen Wartezimmer, sü, un dat raupe ik maundags jümmer an un frauge, wecke denn neichster Tiet wall kaputt gejht.

Anneliese: Ja, man will sie dann ja noch einmal sehen!

Frieda: Sau es et. Un jüst bi Wilkenschnieders Alma, wat hadde ik mi dorup fröijet, dat aule Aus to sejhen – met de verfuhlte Mäse upn Berre to stüanen.

Anneliese: Jau, Wilkenschnieders hadden et ja jümmer grötter un biater os olle annern.

Frieda: Un use Reinhardt, de was dormols nich goot 'nooch för ehre Heidemarie.

Anneliese: Heidemarie was ja auk ne ganz hübschet, un ju Reinhardt söich jümmer oll ut as dörn Branndiek tuagen.

Frieda: Wenn auk, Anneliese! Jenfalls hadde ik mi dorup fröiet, Alma mette verfuulte Mäse ejn lesstet Mol miene Meinung to seggen. Sau. Un nu stönd ik dor met mine Pepsinflasken uppe Dial un was blameert.

Anneliese: Jäh, sau maket Krankenbesöike kienen Spoaß, Frieda.

Frieda: Dat segg ik di, Anneliese, scholde dat Aus ejnen Dag kaputtgauen, dann wämse ik uppe Beerdigung no metn Gesankboak upn Sarg.

Anneliese: Of et sik no röch?

Frieda: Sücho!

Anneliese: Dat Aus!

Einige Vokabeln aus dem Wiehengebirgs-Plattdeutsch:

Mäse: *Hinterteil*

Schmoratzen: *Modder, Morast*

Löp inne mojte: *läuft einem entgegen*

Dörgröinen: *genesen, eigtl. Durchgrünen*

Bütken: *junges Rind*

Anitas Gesicht

Frieda: Anneliese, hast du mitgekriegt, wer jetzt schon wieder geheiratet hat?

Anneliese: Nä, ich bin noch gar nich wieder beim Frisör gewesen.

Frieda: Gausepohls Willi und Wülfels Ivonne.

Anneliese: Was will der alte Bock doch mit so ne Junge! Da sind doch bestimmt vierzig Jahre zwischen. Ivonne hat doch gerade mit ihre Ausbildung in der Hundezwingerfabrik angefangen. Will sie das denn alles opfern für den schäbigen Willi?

Frieda: Ausbildung!? Sie sitzt da Probe in den Zwingern mit anderen Hunden.

Anneliese: Wenn auch, sie hat man ne Stellung und darauf kommts heute an. Und was kann ihr Willi schon bieten, wo Gausepohls Olinde noch das Regiment hat aufn Hof.

Frieda: Is Olinde nich letztes Jahr durch 'n Miststreuer geürmelt worden?

Anneliese: Jaha, aber das war man bloß die grobe Einstellung, sie hat überlebt, nur das Gesicht haben se nich wieder so schön hingekriegt.

Frieda: Da war auch vorher nich viel mit los. Ich weiß noch, als Olinde geheiratet hat, da hat se die ganze Hochzeitsfeier über den Schleier nich hochgemacht, damit die Kinder sich nich erschrecken.

Anneliese: Und wer, sagste, hat jetz schon wieder geheiratet?

Frieda: Da reden wir doch die ganze Zeit drüber: Gausepohls Willi und Wülfels Ivonne.

Anneliese: Der alte Bock, was will der doch mit son junges Ding. Da sind doch be-

stimmt vierzig Jahre zwischen. Ivonne hat doch gerade mit ihre Ausbildung in der Hundezwingerfabrik angefangen. Will sie das denn alles opfern für den schäbigen Willi?

Frieda: Was ich ja glaube, Anneliese, is, dass Willi diese Ivonne absichtlich geheiratet hat.

Anneliese: Och, sieh an, Frieda!

Frieda: Wenn das denn man nich hauptsächlich um das eine geht und gar nich darum, wer Olinde pflegt mit ihre „Hackfresse".

Anneliese: Sag doch nich so was, Frieda!

Frieda: Reinhardt sagt das immer: „Gausepohls Hackfresse" – hat er aber schon vor dem Miststreuer-Unfall immer gesagt.

Anneliese: Euer Reinhardt, der soll man ganz vorsichtig sein, euern Anita seinen Gesicht, da streiten sich auch die Meinungen drüber … obwohl gesehen hats so richtig eigentlich noch keiner, wenn ich da drüber nachdenke.

Frieda: Was geht andere Leute den Anita sein Gesicht an.

Anneliese: Sie muss es doch mal zeigen aufe Sparkasse und überall.

Frieda: Sie hat aufe Kasse ja immer die Schallusie unten.

Anneliese: Bei diesen Ajatollah, den seine Frauen, die haben auch immer 'n Lappen davor.

Frieda: Sind die denn auch alle so furchtbar entstellt wie Gausepohls Olinde?

Anneliese: Frieda, was macht ihr denn eigentlich zu Hause mit den Gesicht von Anita, wenn ihr so abends annen Fernsehgerät sitzt?

Frieda: Anita trägt beim Fernsehen immer den Motorradhelm, den hat ihr Reinhardt zum fünften Hochzeitstag geschenkt.

Anneliese: Och, wie schön. Trägt se den im Bett auch?

Frieda: Nahein, das is ja zu unbequem! Reinhardt und Anita haben ja getrennte Schlafzimmer.

Anneliese: Ach, deshalb is da noch nix Lüttkes bei euch.

Frieda: Daran liegt es nich, zwischen den Zimmern is ja ne Durchreiche, da steckt sich Anita immer halb durch abends.

Anneliese: Die untere Hälfte?

Frieda: Ja, auch nich die ganze Nacht, bloß für so nen Moment, bis Reinhardt eingeschlafen is.

Anneliese: Jaha, das behindertengerechte Bauen hat vielen Menschen doch Erleichterung gebracht. Seit wann sieht Anita eigentlich so schlimm aus, ich weiß doch noch: Als kleines Mädchen war das doch ne ganze Flotte mit ihren Sommersprossen und die lustige Nase.

Frieda: Reinhardt und Anita kennen sich ja schon seit ihre Kindheit, haben beide schon im Sandkasten zusammen gespielt und unsen Reinhardt, der hatte von unsen Opa – der war ja im ersten Krieg bei den Braunschweiger Füsilieren – oh was für ne herrliche Uniform …

Anneliese: Was hat das mit Reinhardt und Anita ihn sein Gesicht zu tun, Frieda?

Frieda: Jedenfalls: Reinhardt spielte doch immer so gerne Krieg und Anita musste immer den Iwan spielen – wie so Kinder eben so sind.

Anneliese: Und was dann?

Frieda: Und die kleine Anita sah mit ihre lustigen Sommersprossen und ihren hübschen Gesicht man gar nich so aus, wie sich Reinhardt so nen schrecklichen Iwan vorstellte.

Anneliese: Sag nich!

Frieda: Doch eines Tages hat Reinhardt sie umoperiert mit Opas alten Taschenmesser, oh, was sah das Kind aus. Und Ciciolkas – Anitas Eltern –, was haben die ein Hallo gemacht.

Anneliese: Aber davon is doch nie was bekannt geworden, Anita war dann für 'n paar Jahre anne See, hättes mitte Lunge hieß es.

Frieda: Jaha, Reinhardt kann von Glück sagen, dass Ciciolkas man bloß so einfache Vertriebene waren. Hätt er eine von den Hiesigen das Gesicht kaputtgeschnitten, wer weiß, ob er heute beim Finanzamt wär.

Anneliese: Und wie isses dann weitergegangen, nachdem Reinhardt die kleine Anita so entsetzlich verstümmelt hat?

Frieda: Och, na ja, verstümmelt. Wir dachten, das wächst sich bestimmt noch wieder raus bei so ein kleines Kind, aber das Gesicht wurde immer schlimmer.

Anneliese: Und Ciciolkas, was haben die dazu gesagt?

Frieda: Die hatten ja noch zwölf andere Kinder, so genau kam es denen da wohl auch nich so drauf an. Wir mussten den alten Ciciolka allerdings inne Hand versprechen, dass unser Reinhardt mal seine Anita heiratet, weil mit den Gesicht kriegt se ja keinen mehr ab.

Anneliese: Und ich habe immer andersrum gedacht: Was treibt son hübsches Persönchen wie euern Anita dazu, so nen fetten Burg wie Reinhardt zu heiraten, das Gesicht sieht man ja nich inne Kasse.

Frieda: Nä, da haben se ja extra das dc-fix vorgeklebt.

Anneliese: Innen Fernsehen hamse gesagt, man kann heute schon komplette Köppe transplantieren, das wär doch auch was für euern Anita.

Frieda: Ja, mag wohl, aber auf so nen Spenderkopp, da muss man sicher auch lange warten, gibt ja nich so viele, die zwei davon haben.

Anneliese: Ach, Frieda, das is doch nich wie bei Nieren. Spenderköppe, die machen se von Toten ab, die meinetwegen nen Motorradunfall hatten und wo außer den Kopp alles inne Dutten is.

Frieda: Ich weiß nich, Reinhardt hat sich schon so an die Durchreiche im Schlafzimmer gewöhnt. Das is ja auch für nen Mann angenehmer, wenn nich die ganze Frau anwesend is, sondern bloß das, was man gerade braucht.

Anneliese: Sagte unsen Heinz auch immer: Das eine, das wird weniger, aber das

Schnäbbeln, das bleibt die ganze Ehe.

Frieda: So isses. Und mit Anita is Reinhardt insgesamt sehr zufrieden. Sie kann ja auch nirgendwo hin so richtig. Dies teure Einkaufen und Wegfahren un inne Weltgeschichte herumjucheen, was so heutige Frauen alle so machen, das kann Anita ja alles nich. Und von den Geld, wasse vonne Kasse mitbringt, da kann ich sehr gut von leben.

Anneliese: Du? Du krist doch Rente, Frieda!

Frieda: Die 500 Mark aussen Krieg, da kann ich mir die teuren Merinoschlüpfer auch nich von leisten!

Anneliese: Hat sich Anita denn niemals beklagt über ihr Schicksal, so einfach is das bestimmt für sie auch nich. Hat so niemanden, mit den se sich unterhalten kann und dann abends immer rückwärts in die Durchreiche krabbeln. Is ja auch nich jedermanns Sache.

Frieda: Reinhardt tut ihr immer son Pulver innen Kaffee jeden Tag.

Anneliese: Och ja, das hab ich auch schon gemacht bei unsen Dieter. Wenn die E-Knaben Fußball spielen bei uns gegenüber auf den Bolzplatz, och, dann wird Dieter immer so nervös. Ich weiß doch gar nich, was das is! Jedenfalls kipp ich ihn dann auch immer son Pulver in den Saft. Heinz hat das für die Mastschweine, damit die nich so nervös sind.

Frieda: Jaha, mit Pulver kann man heute viel machen. Wenns das früher schon gegeben hätte, da wär einem viel erspart geblieben. Immer diese unschönen Szenen nache Gemeinderatssitzung, wenn Wilhelm kanonendicke ins Schlafzimmer kam. So is ja unser Reinhardt auch entstanden.

Anneliese: Unser Dieter auch.

Frieda: Was, bei dir is Wilhelm auch gewesen nache Gemeinderatssitzung?

Anneliese: Oooohhhh, Frieda, ich wollte es dir nie sagen, aber nu isses raus: Reinhardt und Dieter sind Halbbrüder, unsen Heinz is gar nich der richtige Vater.

Frieda: Und Heinz, weiß der das?

Anneliese: Schon lange, als rauskam, dass Dieter es mit Frauen nich so hat, hab ichs ihm gesagt. Er war richtig erleichtert, dass Dieter nich sein eigen Fleisch und Blut is.

Frieda: Das glaube ich.

Anneliese: Ach ja, es ist viel passiert die letzten Jahre.

Frieda: Und lange nicht alles zum Besten.

Anneliese: Nä, lange nich.

Frieda: Das eine sollte wohl so, das andere war vorgezeichnet.

Anneliese: Letztlich muss man sich nache Decke strecken, wenns auch nich immer passt.

Frieda: Das soll sich Wülfels Ivonne auch wohl gedacht haben, als se den alten Gausepohl geheiratet hat: Erst mal fein mitte Mäse annen Ofen, nen anderen find sich schließlich denn auch noch, sie is ja noch jung.

Anneliese: Aber vierzig Jahre dazwischen, das is doch balde zu viel.

Frieda: Man munkelt, Willi habe sich ihrer erbarmt, sie stand ja auch nich alleine vorn Standesbeamten.

Anneliese: Oooohhhh! Mit Füllung!

Frieda: Und wie man munkelt, sogar ne Schokoladenfüllung.

Anneliese: Ja, nein, dann versteht man das, dass se nen vierzig Jahre älteren Mann heiratet …

Frieda: … mit nur einem Bein …

Anneliese: … und ner Mutter mit „Hackfresse" …

Frieda: … aufn Hof, der letztes Jahr abgebrannt is …

Anneliese: … bei einen, der nich mal elektrisches Licht hat …

Frieda: … wo die Hühner mit ins Schlafzimmer dürfen …

Anneliese: Ooohhhhh, mit Schokoladenfüllung, das fällt ja dann doch auf.

Frieda: Es sei denn, sie machen was mit dem Gesicht.

Der Bürstenkerl

***Marketender** – Er bringt alles bis vor die Haustür: Lebensmittel, Pötte, Bürsten, Neutralseife, Brot, Junghennen, Getränke und neuerdings vor allem Gefrorenes. Mancher kommt schon in der dritten Generation, und doch kennt man nicht mal seinen Namen. Bürstenkerle heißen immer noch „Stechmann", obwohl es längst der Schwiegersohn ist, einfach „Pöttekerl" oder „der immer dienstags kommt". Tauchen sie dann mal an einem anderen Tag auf, ist sofort die Panik groß.*

Anneliese: Wer war denn das rote Auto gestern bei euch aufn Hof?
Frieda: Oh, der Bürstenkerl aus Mittelsten-Thüle.
Anneliese: Aufn Sonntag? Kam der nicht sonst immer den Mittwoch nach Pankratius?
Frieda: Ja, von wegen. Bürsten hatte er nicht mit, aber den ganzen Wagen voller Verwandte.
Anneliese: Was wollte der denn doch bei euch?
Frieda: Wären mit Schwager, Schwägerin und noch so ne Oma in Märchenwald gewesen.
Anneliese: Oh, wie schön!
Frieda: Jedenfalls, hätten se dann gedacht, aufe Rückfahrt, halten wir doch mal bei Horstmannskötters Frieda an und gucken uns den Teppichboden inne Stube an.
Anneliese: Was sollte das doch?
Frieda: Der Schwager von Bürstenkerl will auch wohl Teppichboden kriegen für irgendwo in sein Haus.
Anneliese: Und da schleppen sie die alte Oma auch noch mit rein?
Frieda: Och was, die hat die ganze Zeit in Wagen gesessen.
Anneliese: Ja dann ...
Frieda: Waren trotzdem noch vier Mann, und ich hatte doch nichts aufgetaut, oh,was doch ne bodenlose Frechheit.
Anneliese: Sind die etwa auch noch zun Kaffee geblieben?
Frieda: Zun Kaffee, hö, schiet di doch wat auf das billige Pulver!
Anneliese: Was, sind die denn noch länger geblieben?
Frieda: Sücho! Bis zun andern Morgen, und ich hatte doch nichts aufgetaut.
Anneliese: Und diesen Oma hat die ganze Zeit in Wagen gesessen?
Frieda: Sücho! Die war durch die Hitze in Wagen so angeschwollen, die ging

gar nich mehr raus. Aber der Bürstenkerl is jedenfalls abends noch mal rausgegangen und hat das Fenster runtergekurbelt.

Anneliese: Ja, wer will doch auch morgens in einen Wagen einsteigen, der nach geschwollene Oma riecht!!

Frieda: Jedenfalls hatte ich vier Mann an Tisch zu sitzen und nichts aufgetaut.

Anneliese: Und dann, Frieda?

Frieda: Ich hatte Gott zei Dank noch ne kleine Dose altdeutschen Rotkohl, den hab ich mit etwas Fondor verlängert.

Anneliese: Und dann sind se trotzdem so lange geblieben?

Frieda: Sücho, der dösige Bürstenkerl hat doch ne Kolik gekriegt, was doch ne Unverschämtheit, und lag den ganzen Abend aufe Schäse zu kölben.

Anneliese: Und warum ist von den andern keiner gefahren?

Frieda: Der Schwager hat nur einen Fuß, und die Schwägerin konnte vor Ziegenpeter nicht ausse Augen gucken.

Anneliese: Und seine Frau?

Frieda: Aus Thailand.

Anneliese: Oh,
Bürstenkerle!

Der süßliche Geruch

Fahrgemeinschaften *– Nicht-vorhanden-Sein einer Fahrerlaubnis und mangelnde Körperhygiene treffen sich auf dem Lande oft in ein und derselben Person. Da die geruchsmäßig iltisorientierten Leute aber dieselben gesellschaftlichen Verpflichtungen haben wie die geruchsneutralen suchen sie bei Letzteren die Mitfahrgelegenheit. Jemandem einen Gefallen abzuschlagen, wäre eine Todsünde, also behilft man sich so gut es geht mit Verleugnungen und spontanen Autoverbrennungen.*

Anneliese: Du und Reinhardt, nehmt ihr Beckers mit zu Dickbreders ihre goldene Hochzeit?

Frieda: Nö!

Anneliese: Die sind doch auch eingeladen?

Frieda: Das wohl, aber Reinhardt sagt, den süßlichen Geruch, den kriegt er wochenlang nich aussen Wagen raus.

Anneliese: Aber zu Jonschers Karl seine Beerdigung, da habt ihr Beckers doch auch mitgenommen.

Frieda: Das war auch im August, da konnte Reinhardt das Schiebedach auflassen, trotzdem hielt sich der süßliche Geruch noch 'n paar Tage.

Anneliese: Was wollt ihr Beckers denn sagen? Die melden sich doch sicherlich bei euch.

Frieda: Reinhardt hat schon die Rückbank aus sein Auto rausgebaut und inne Garage versteckt.

Anneliese: Meinste nich, dass Beckers mittlerweile ne eigene Rückbank haben, Frieda?

Frieda: Nä, das glaub ich nich.

Anneliese: Und wenn se sich so hinten reinsetzen wollen.

Frieda: Ja, dann is aber wenigstens der süßliche Geruch doch nich in der Bank.

Anneliese: Aber der zieht doch auch in die Vordersitze.

Frieda: Aus Angst vor Beckers hatte Reinhardt ja letztes Jahr schon diesen Sportwagen.

Anneliese: Und?

Frieda: Nache Silberhochzeit von Niederbremers musste er dreimal fahren, einmal mich und zweimal Beckers. Den Wagen isser nich mehr losgeworden.

Anneliese: Wegen den süßlichen Geruch?

Frieda: Sücho. Is dann Gott zei Dank aufgebrannt – aus Versehen.

Anneliese: Ja, aber Reinhardt kann doch nich jedes Mal sein Auto verbrennen …

Frieda: … aus Versehen!

Anneliese: … wenn Beckers mitfahn.

Frieda: Nä, deshalb is er ja heute zun Händler und will sich für 500 Mark nen alten VW kaufen. Reinhardt sagt, für die Fahrten mit Beckers holt er sich dann immer ne rote Nummer für einen Tag, und dann parkt er den Wagen wieder hintern Kanal, da haben wir ja noch son Stück Wald.

Anneliese: Da hinten ganz?

Frieda: Ja, wegen den süßlichen Geruch!

Der Tiefspüler

***Ländliche Notdurft** – Was dem Städter das Klo auf halber Treppe, ist dem Landbewohner der Verschlag in der Nähe der Jauchegrube – oft und gerne Fliegen übersät. Der Kot fällt einmal ausgeschieden auf Nimmerwiedersehen in die Grube, um sich dort unten mit den Exkrementen der Tiere zu vermengen. Mit Aufkommen der Abkotmöglichkeiten innerhalb der Wohnungen zogen die Flachspüler auf dem Lande ein. Man stuhlte auf eine Art Porzellanpodest und konnte erstmals den eigenen Kot in Augenschein nehmen. Erst der Tiefspüler anonymisierte die Analfrucht wieder und knüpfte so an die Tradition des alten Plumpsklos an, gilt aber dennoch als topmodern.*

Frieda: Reinhardt und Anita haben mich für Sonntag zum Kaffee eingeladen, oh, wollen mir ihren neuen Tiefspüler zeigen in'n Badezimmer. Ja, will Reinhardt Anita zun dritten Hochzeitstag schenken, sollte ihn auf ne Mark nich ankommen, sagt Reinhardt, nu wären se aber auch komplett – seinetwegen könnte die Ehe nu auch losgehen.

Anneliese: Jaha, nen Tiefspüler is eben so schön.

Frieda: Hat Anita auch wohl immer von geschwärmt – wie manchen Sonntag sind die beiden bummeln gegangen anne Schaufenster vonne Sanitärgeschäfte. Anita wollte ja absolut nen rosa Tiefspüler, hmh, den hätt se sich schon als kleines Mädchen immer gewünscht.

Anneliese: Jaha, nen Tiefspüler is was Feines.

Frieda: Anita is ja auch so sauber und alles, Mutti, hat se mir mal gesagt, so ohne Tiefspüler da fühlt man sich wie 'n einfachen Arbeiter.

Anneliese: Der alte Ciciolka is ja auch man einfach so aufe Gummiwerke. Und bis vor drei Jahren weiß ich noch, schlürten se morgens alle mitte Rolle übern Hof. Guck, Anneliese, sagte Heinz dann immer, is zwölf Minuten nach sechs, der alte Ciciolka geht nen Neger abseilen, wie so Männer so sind.

Frieda: Oh, mitn Tiefspüler, hat mir Anita mal anvertraut, das wäre dann, ob se sich noch mal in unsen Reinhardt neu verlieben täte. Is aber auch nen herzensguten Ehemann unsen Reinhardt.

Anneliese: Außer wenn er Anita welche mitte Dachlatte nuckt, das is dann ja doch weniger schön, in'n Kegelverein nennen se 'n auch bloß noch Latten-Reinhardt. Och, was haben alle gelacht damals, als euern Anita mit den Schädelbruch inne Intensiv kam.

Frieda: Das war einmal, wo auch jetz der Tiefspüler kommt und alles.

Anneliese: Soll aufe Station so vor Schmerzen geschrieen haben, dass die Schwestern noch fünf Zimmer weiter den Fernseher lauter machen mussten, ich bin da ja auch damals mal zu Besuch gewesen, aber war ja kein Wort dazwischenzukriegen bei diese Bölkerei – was hat man doch von so nen Besuch?!

Frieda: Wär der teuerste Tiefspüler, den 's überhaupt zu kriegen gäbe, hätten se in Geschäft gesagt. Ihre Gemahlin, die hat aber Geschmack, hätten se in Geschäft gesagt, son Tiefspüler, das wär mehr schon bald ne Wertanlage, hätten se in Geschäft gesagt – oh, Reinhardt is wie verwandelt, seitden er den Tiefspüler für Anita erstanden hat. Och, Mutti, hat er gestern noch so zu mir gesagt. Mutti, manchmal könnte ich schreien vor Glück.

Anneliese: Wo du schreien sagst, Frieda, wann kommt Anita denn diesmal aus 'n Krankenhaus?

Heimat

Wilken wollen weg!

Frieda: Wilken ziehen schon wieder um.

Anneliese: Sind die nich vor 15 Jahren erst in die alte Rentmeisterei eingezogen?

Frieda: Sücho, aber es muss ja absolut dauernd das Neueste sein.

Anneliese: Wieso, wo ziehen die jetzt denn hin?

Frieda: Nach Westerhausen in die Meerschweinchensiedlung.

Anneliese: Is das nich sogar schon ne andere Vorwahl?

Frieda: Sücho, wir rufen nie in Westerhausen an, ein Ferngespräch, da ist doch nicht dran zu denken.

Anneliese: So fern der Heimat, man kennt keinen, fremdländische Gestalten, womöglich noch andere Tiersorten, fremde Sprache …

Frieda: Ja, das Platt von denen versteht man balde gar nich.

Anneliese: Sind ja auch zumeist Schlesier, die da wohnen.

Frieda: Ooch deshalb!

Anneliese: Ja, alles „Kucha-Essa-Leute"!

Frieda: Wenn Wilken sich da man nich vertun und nach'n paar Jahren reumütig wieder angekrochen kommen.

Anneliese: Aber sollen man ja nich glauben, dass sie dann in die Dorfgemeinschaft so ohne weiteres wieder aufgenommen werden.

Frieda: Ja, weggegangen, Platz vergangen.

Bei Gösling Tiemeier

Anneliese: Frieda, nimmst du eigentlich teil an der Wanderung vonne Verschönerungsfrauen?

Frieda: Wohin laufen die denn dies Jahr?

Anneliese: Erst gehts nach 'n Legemehlhebewerk in Büsingholz, danach Kaffee un Kuchen bei Gösling Tiemeier in Hab-ich-vergessen …

Frieda: Is das nich Jeggen?

Anneliese: Och was! Jeggen, Jeggen, das is doch nich Jeggen, dann wohl schon eher Wulften.

Frieda: Gösling Tiemeier, Wulften, doch im Leben nich!

Anneliese: So, wo denn dann wohl?

Frieda: Meiner Ansicht nach is das in Schwegermoor.

Anneliese: Schwegermoor, das is doch Gasthaus Mäscher.

Frieda: Du bist mir auch son Gasthaus Mäscher, die sitzen in Hunteburg.

Anneliese: In Ellerbeck ist der Jägerkrug!

Frieda: In Rabber gabs mal Kynast.

Anneliese: Wir sind früher oft gewesen bei Bergwirt Pöhler in Rattinghausen.

Frieda: Bestimmt nicht so oft wie wir bei Köttkers Lina in Oberholsten.

Anneliese: Da waren unse wohl zehnmal am Tach manchmal.

Frieda: Unse Reinhardt hat da quasi gewohnt.

Anneliese: Jedenfalls nach Kaffee un Kuchen bei Gösling Tiemeier gehts …

Frieda: Gösling Tiemeier, wo war das noch mal, Anneliese …?

Zum Hermannsdenkmal

Frieda: Hast du gehört, Anneliese, das Hermannsdenkmal wollen se abreißen?

Anneliese: Oooch, bei NB-Traumreisen stehts aber noch im neuen Katalog ausgewiesen.

Frieda: Sollen die wohl dann nach ’n leeren Platz hinjuckeln, die das gebucht ham.

Anneliese: Warum soll das denn abgerissen werden?

Frieda: Die Frauenbeauftragte in Detmold hätte das beschlossen.

Anneliese: Mochte sie das nich leiden?

Frieda: Nä, weil’s ’n Mann is!

Anneliese: Dann soll anne Porta Westfalica wohl auch bald der Bagger kommen.

Frieda: Das Hitler-Denkmal?

Anneliese: Frieda!!! Kaiser Wilhelm is das.

Frieda: Wir haben immer Hitler gesagt früher innen BDM.

Anneliese: Is auch egal. – Sollen denn wohl Männer-Denkmäler generell verboten

werden? Dann geht's den Standbild vorn hannoverschen Bahnhof wohl auch annen Kragen.

Frieda: Wieso, das is doch Zarah Leander!

Was haben wir früher immer gelacht.

Anneliese: Was war das früher doch immer schön, annen Feierabend, Frieda, denk ich noch so grade nach. Die Pferde wurden getränkt, man saß noch vore Tür aufe Bank und dann wurde gesungen.

Frieda: Ja, un Klöters Blagen wuschen sich im Graben.

Anneliese: Wo Johannsmeiers Knecht vorher reingemiegt hatte.

Frieda: Ja, was war das immer beschaulich früher. Niehaus' Gustav brachte dann meist noch ne Flasche Schluck vorbei.

Anneliese: Sickendiecks Marianne lag dicke innen Flieder.

Frieda: Bei diese Gelegenheit soll dann wohl auch der lütke Hartmut entstanden sein.

Anneliese: Munkelt man.

Frieda: Ja, Fernseher brauchte man gar nich!

Anneliese: Nä, gab auch so Spaß genuch. Was hat man damals immer viel gelacht.

Frieda: Einmal, weiß ich noch, lief Bösters Erich schreiend vom Boden mitten Forkenzinken inne nackte Mäse.

Anneliese: Auch wieder Marianne?

Frieda: Sücho! Ers nach drei Wochen war der Zinken rausgeeitert.

Anneliese: Ja, was hat man damals immer viel gelacht.

Die Grabstelle ist abgesackt

Frieda: Ich bin letzte Woche nach 'n Friedhof hingewesen, Anneliese.

Anneliese: Wer war denn tot?

Frieda: Alle.

Anneliese: Nich die da liegen, ob jemand frisch tot war!

Frieda: Nä, ich hab bloß die Eichen von unse Grabstelle weggenommen und da Buchen reingepflanzt, im Herbst kommen dann Douglas-Fichten rein,

is im Winter ebenso schön.

Anneliese: Nu erzähl schon, was gabs denn auf ’n Friedhof Neues?

Frieda: Niederbäumers Grabstelle is abgesackt.

Anneliese: Was? Wo Hermann liegt? Der is doch erst zwei Jahre tot.

Frieda: Von wegen, wir haben einen massiven Eichensarg, was Niederbäumers Renate jeden erzählte.

Anneliese: Einmal kommt alles ans Licht, den sollen se wohl inne einfache Spanplattenkiste verscharrt haben.

Frieda: Gut, dass ich dreimal die Woche kontrolliere, nen Tag später hatten se da schon wieder Erde nachgefüllt, aber was mich an meisten gewundert hat, der Stein war gar nich mit weggesackt.

Anneliese: Oohh.

Frieda: Hab ich da mal Reinhardt sein Feuerzeug drangehalten. – Kunststoff.

Anneliese: Wer unter solchen Umständen begraben wird, der wird doch seines Lebens nich mehr froh.

Der Grüne Stein

Frieda: Nikisch un Bietendüwel, da hab ich doch neulich so ne herrliche Fahrt wieder mitgemacht.

Anneliese: Wo denn hin?

Frieda: Zum Grünen Stein nach Prölle.

Anneliese: Hab ich doch noch nie was von gehört, Frieda.

Frieda: Da liegt son grünen Stein anne Straße.

Anneliese: Ooch, nen grünen Stein!

Frieda: Rundherum aber alles picobello, Ponybahn für die Kinder, drei Cafés, so ne Geldspielhalle, dann haben se da noch son Zelt, wo man Taschen aus marokkanischen Ziegenleder kaufen kann.

Anneliese: Wie schön!

Frieda: Für die Männer sind so Videogeschäfte inne Nähe, och ja, wird so allerhand geboten.

Anneliese: Muss man sich mal merken, den Grünen Stein in Prölle.

Frieda: Überhaupt Prölle, das hat sich sehr herausgemacht seit dem Krieg.
Anneliese: Was war doch früher Prölle.
Frieda: Nix wie Klotten, obwohl den Grünen Stein, den hatten se immer schon.
Anneliese: Aber das Handgranatenmuseum, das haben se erst inne Siebziger gebaut.
Frieda: Und das Dieter-Goethe-Haus?
Anneliese: Hieß der nich Johann-Wolfgang von …
Frieda: Das is 'n anderer. Dieter Goethe hat den Kreiselstreuer erfunden.
Anneliese: Ohhh, d e n Kreiselstreuer?
Frieda: Sücho! Und in seiner späten Schaffensperiode noch die Krümelegge.
Anneliese: Donnerwetter, und der kam aus Prölle?
Frieda: Und liegt begraben in Weimar.
Anneliese: Das is ja mal nen Zufall.
Frieda: Wieso?
Anneliese: Knitkemöllers Juffi liegt auch in Weimar.
Frieda: Guck mal an!

Die 125-Jahr-Feier

Anneliese: Nächste Woche is 125-Jahr-Feier vonnen Christlichen Handarbeitsverein, wird groß begangen auf 'n Platz.
Frieda: Das sind doch bloß noch Klötenkämpers Alwine, Oldemeyers Gertrud un son alten Humpel ausse Vertriebenensiedlung, mehr sind das doch gar nich mehr.
Anneliese: Soll aber trotzdem groß gefeiert werden, mit Zelt und alles. Freitag Diskothek für die Jugend mit den Katzelruther Spatzen, Sonnabend Festbankett und Wahl der Handarbeitskönigin.
Frieda: Alwine un Gertrud sind doch zusammen bald über 200 Jahre alt.
Anneliese: Die Königinmutter war auch schon über 100, jedenfalls is für Sonntag großer Festumzug geplant: Mit dem Handarbeitsblasorchester Großer Kurfürst, Festwagen, auf denen verschiedene Strikkmuster dargestellt werden und alles.
Frieda: Wie schön, kommt denn auch Prominenz?
Anneliese: Rudolf Scharping haben se noch gekriegt.
Frieda: Och, Rudolf Scharping – dass se so einen so weit haben hochkommen lassen, man versteht es nich.
Anneliese: Da is so vieles, was ich nich verstehe.
Frieda: Ja, das sag auch man.

Die Vernunftehe

***Topf und Deckel** finden sich irgendwann dann doch. Mit den Jahren des unfreiwilligen Junggesellendaseins sinkt stetig die Attraktivitätsschwelle des Wunschpartners, und irgendwann kommt die Zeit, da hat man sich Nachbars schiefe Tochter schön gewartet. Der Schlaue weiß das, verplempert deshalb nicht seine besten Jahre im Wartestand, sondern heiratet gleich den Weihnachtsbaum von nebenan.*

Frieda: Hat er nich sogar bloß noch nen halben Magen, Frieda?

Anneliese: Nich mal. Wenn se den nich man sogar in eins weggeschnitten haben damals.

Frieda: Und sie, sie hat doch dies schiefe Kind aus erste Ehe.

Anneliese: Wo Heitkempers Willi damals diesen Zwinger für gebaut hat inne Küche?

Frieda: Immer wenn ich da kam früher zu sammeln fürs Rote Kreuz, hab ich noch so bei mir gedacht, is ja nu schon bald zwölf Jahre und lebt da so Tag aus, Tag ein hinter Stacheldraht inne Küche, das is doch auch kein Leben für son Kind. Ich hab dann zu unsen Heinz gesagt, sollte man bald anzeigen.

Anneliese: Ooch, müssen se ja selbst wissen. Wann ist denn die Hochzeit, Anneliese?

Frieda: Innen Kasten steht nächsten Freitag. Hängt auch extra nen Zettel, dass Fotografieren unerwünscht is beie Trauung.

Anneliese: Sicher wegen seine ganzen Wunden innen Gesicht.

Frieda: Nehm ich auch an, dafür den teuren Film tut ja auch nich nötig.

Anneliese: Is ihr Bein denn wieder besser?

Frieda: Och, das weißt du gar nich?! Nä, das haben se innen Krankenhaus behalten: Matsch, hätten die Ärzte gesagt, selbst wenn se wollten, so viel Zeit hätten se gar nich, das alles wieder fertig zu machen.

Anneliese: Sickendiecks haben erzählt, er käm direkt mitten Hubschrauber aus Münster zur Kirche.

Frieda: Mit unse Krankenkassenbeiträge quittken solche inne Weltgeschichte rum.

Anneliese: Warum ham se sich nich gleich aufe Intensiv trauen lassen, wenns ihnen bloß um ne Hochzeit in Weiß ging.

Frieda: Sie wolltens ganz romantisch, hätte sie durch das Gerät zu verstehen gegeben.

Anneliese: So, durch das Gerät ... Wird er denn zu ihr verlegt oder sie zu ihn nache Trauung?

Frieda: Ooch, passieren soll da wohl nich mehr so viel zwischen den beiden. Es hat doch alles mehr den Anschein einer reinen Vernunftehe.

Anneliese: Sücho, ne reine Vernunftehe.

Nach elf

***Die Ewigkeit** dauert einen Vormittag und das ganze Leben nur einen Augenblick. Lange vor Albert Einstein ist bei der niederdeutschen Urbevölkerung die Relativität der Zeit erkannt und gelebt worden.*

Frieda: Wie spät is denn eigentlich wohl schon?
Anneliese: Is schon nach elf.
Frieda: Oooh, schon nach elf.
Anneliese: Jaha, elfe schon durch.
Frieda: Hmh …
Anneliese: Wie doch die Zeit vergeht …
Frieda: Ja, dauert nicht lang, und es is halb zwölf.
Anneliese: Hmh … Die Jugend, sie kehrt nicht mehr zurück.
Frieda: Das stimmt.
Anneliese: Och, ich weiß noch genau, wie es halb elf war.
Frieda: Hmh …
Anneliese: Och, is noch vor elf, dacht ich.
Frieda: Nu is ja schon nach elf.
Anneliese: Hmh …
Frieda: Ruckzuck is auch schon wieder Herbst.
Anneliese: Dann kommen die stillen Tage …
Frieda: Ja, und wer weiß, ob wir da dann noch sind.
Anneliese: Ja, die Zeit vergeht wie im Fluge.
Frieda: Hmh … Wie spät ist es denn jetzt wohl schon?
Anneliese: Is nach elf.
Frieda: Oooh. Dauert nicht mehr lange und man kennt keinen mehr.
Anneliese: Einer nach ’n andern kratzt ab.
Frieda: Ja, einmal kommt der Tag.
Anneliese: Und das letzte Hemd hat keine Taschen.
Frieda: Manche denken sich womöglich, och, ist erst nach elf, kann ich ja noch eben einkaufen gehen, und dann fallen se sich so unglücklich in Eggenrahmen, Oberschenkelhals, dauert keine drei Wochen und der Wagen kommt …
Anneliese: Ja, so kanns gehen, wenn man sich zu viel vornimmt und denkt, es könnt einen nix passieren.

Frieda: Besser is, man betrachtet seine Pläne im Angesicht der Endlichkeit allen menschlichen Strebens, sag ich immer.

Anneliese: Hmh, soll ich noch eben 'n Kaffee machen, Frieda?

Frieda: Och, lass man lieber, wer weiß, was geschieht, Anneliese. Wie spät is es denn wohl schon, ist es schon halb zwölf?

Anneliese: Nä, is erst nach elf.

Frieda: Doch schon!
Es rasen die Zeiger der Uhren,
und wir rasen mit.

Frauen müssen zusammenhalten

***Das Leben der anderen** liegt da wie ein offenes Buch. Der Sozialkontrolle auf dem Dorf entgeht so leicht nichts, jedenfalls nichts Unwesentliches. Bis in den letzten Winkel der Intimsphäre blickt das wache Auge der Nachbarn – nur einmischen würde man sich niemals, denn jeder trägt letztlich selber die Schuld an allem, was ihm widerfährt. „Hörsemanns Jümmi is in Frankfurt überfallen und erstochen worden." – „Was will er auch da unten in Frankfurt?"*

Frieda: Och, hier ham se die Jalousien runtergelassen, Anneliese, hmh. Was sind das doch für missgünstige Leute.

Anneliese: Komm mal hier rüber, Frieda! Im Schlafzimmer ist noch Licht.

Frieda: Da war dann wohl kein Geld mehr da für Jalousien.

Anneliese: Pssst, Frieda! Die können uns womöglich noch hören!

Frieda: Thermopane-Scheiben hinten im Schlafzimmer waren wohl nicht mehr drin. Aber ab Oktober vorne im Garten die Lichterkette anne Blautanne. Vorne hui, hinten pfui!

Anneliese: Psssst, Frieda. Sei doch mal ruhig. Guck doch mal hier in Schlafzimmer!!

Frieda: Ach, das kenn ich doch. Hartfaserplatte mit Palisanderdekorfronten, 84 Monatsraten à 32,60 DM. Weiß ich alles von Reinhardt seine Anita. Die arbeitet aufe Kasse und hat mir die Kontoauszüge kopiert. Eine Summe war drauf, die konnt ich mir doch gar nich erklären. Vielleicht weißt du ja Näheres, Anneliese …?

Anneliese: Lass doch den dösigen Kontoauszug, Frieda. Guck doch mal hier in Schlafzimmer, wer da in Bett liegt!!

Frieda: Wer soll das wohl schon groß sein, Rattemeiers Ewald mit seine schwatten Füße und daneben Wilma mit ihrn Gesicht.

Anneliese: Das ist nicht Wilmas Gesicht!

Frieda: Was fürn Gesicht sollte Wilma denn wohl sonst haben? Glaub man nicht, dass sich Rattemeiers Ewald mit seinen primitiven Mürkerlohn ne Gesichtsoperation leisten kann.

Anneliese: Halt doch den Mund, Frieda! Ich mein, das ist gar nich Wilma, da mit Ewald in einen Bett!

Frieda: Was? Nun lass mich doch mal gucken! Hmh. So eine Schweinerei! Die nagelneuen Schlüpfer aufe Leine vorgestern waren mir gleich verdächtig vorgekommen. Ich hab extra noch mal Rattemeiers ganzen Kontoauszüge gegengelesen, aber für neue Schlüpfer war da eigentlich gar kein Geld. Und wenn man die leeren Dosen ausm Mülleimer mit dem Prospekt aus dem Hupa-Markt vergleicht, die kosten ja auch Geld …

Anneliese: Frieda, Frieda! Was ist das denn für eine, wo Ewald da überall dranpackt, äääääh!

Frieda: So ne Gewöhnliche, hinten ausse Siedlung. Son „Ski-Namen“. Er ist arbeitslos und auch sonst nicht ohne, leben beide vom Staat. 156,41DM Wohngeld gibts auch noch hinten rein. Jeden Ersten, hmh. Da wundert einen gar nichts mehr.

Anneliese: Komm, lass uns man gehen, Frieda. Den Vollzug kann man sich ja auch wohl denken. Da müssen wir nicht unbedingt dabei sein.

Frieda: Los, gehen wir, Anneliese. Wir haben genug erfahren.

Anneliese: Also, bei allen Respekt, Frieda, woher du das alles weißt, so über die Leute. Alle Achtung!

Frieda: Ja, mir entgeht so leicht nix.

Anneliese: Du, das berichten wir gleich morgen früh Wilma, was da in ihrn Haus vor sich geht. … Wo Ewald die denn wohl solange hat? Ist die denn auf Besuch irgendwo?

Frieda: Ich weiß nicht. Geburtstage sind jedenfalls nicht in ihre Verwandtschaft. Das wüsst ich. Ich nehm an, die soll wohl irgendwo sein … iiieh!

Anneliese: Bäh …

Frieda: Was ist das denn für ne Schweinerei? Ohhh!!

Anneliese: Muss Ewald wohl was frisch umgegraben haben.

Frieda: Hier? Umgegraben? Zwei mal ein Meter? Was soll denn das jetzt um diese Zeit? Was ist das hier doch ne Lotterwirtschaft. Gut, dass wir das lückenlos überwachen, sonst wär Wilma hier schon wer weiß was passiert.

Anneliese: Und Wilma wär da womöglich schon gar nich mehr.

Frieda: Nee, die wär den Kerl schon längst weggelaufen.

Anneliese: Wir Frauen, wir müssen zusammenhalten, was, Frieda?!

Frieda: Hmh.

Unser Reinhardt

***Der Nachwuchs** ist die Verschiebung der eigenen Glücks- und Erfolgsfantasien in die nächste Generation. Dabei ist nicht die absolute Karriereposition wichtig, sondern diese nur in Relation zur Nachbarschaft. Was nützt einem der eigene Sohn als Nobelpreisträger, wenn Sickendiecks Friedhelm der nächste Papst wird? Nichts!*

Anneliese: Frieda, nu nimm doch noch vonne Kiwi-Barracuda-Butterkrem. Die verkommt doch sonst. Wir mögen die schon gar nich mehr.

Frieda: Och, nee, lass man … Ich hab schon vier Stücke. Man wird ja auch einfach zu dick.

Anneliese: Hmh!!

Frieda: Ich hab ja auch Kreislauf … Och, tu mir man doch ein Stück auf, hier siehts ja keiner. Du, Anneliese, was ich immer schon mal fragen wollte … Euer Dieter, wie lange muss der denn noch studieren?

Anneliese: Och, uns sagt er ja nix, er und Heinz, die haben sich ja so verkracht!

Frieda: Unser Reinhardt – der is ja genauso alt wie euer Dieter – der schlägt ja nu demnächst die gehobene Laufbahn ein, hmh. Nicht, dass ihn das bis jetzt nicht gefällt, aber der Junge, der is ja einfach so, der will ja weiterkommen, hmh. Inspektor nennt er sich dann ja. Wie dürfte sich – den Fall mal gestellt – denn euer Dieter nennen, wenn er denn mal fertig werden sollteee?

Anneliese: Och, das weiß ich gar nich, hehe. Willst du noch 'n Schluck Kaffee?

Frieda: Ja, danke. Unser Reinhardt sagt immer, auf den Knien danke ich euch dafür, dass ihr mich nicht habt studieren lassen und mich gegen meinen Willen bein Finanzamt angemeldet habt. Oooh, was hab ich doch jetzt nen schönen Beruf, sagt unser Reinhardt oft, wenn wir abends vorm Fernsehgerät sitzen.

Anneliese: Äh, nu mal ganz was anderes, Frieda. Möchtst du nachher noch 'n bisschen frischen Rhabarber mitnehmen gleich?

Frieda: Hat unser Reinhardt mir schon mitgebracht vonne Eltern von ihn seine Anita. Oooh, was hat unser Reinhardt doch 'n Glück mit ihn seine Anita! Son feines Mädchen. So sauber und alles … Arbeitet aufe Kasse, solange se noch nicht verheiratet sind. Und immer so anständig!

Anneliese: Ach, Frieda! Gestern dacht ich so mit unsen Heinz, och, lass uns doch mal bei Frieda reingucken so aufn Abend, die ist immer so einsam. Aber denn haben wir dann doch gesagt, nä, da is es immer so eng bei

Diese Karte entnahm ich dem Buch:

Name/Vorname (in Druckbuchstaben)

Straße, Nr.

PLZ/Ort

E-Mail

Ja!!! Ich möchte kostenlose und unverbindliche Informationen über:

- ☐ **Humor & Satire-Programm** (Die Bücher von Uli Stein, Cartoons, Geschenkbücher, Kalender u.v.m.)
- ☐ **Bilderbuchprogramm**
- ☐ **regelmäßig**
- ☐ **einmalig**

(Hier muss natürlich noch 'ne richtige Briefmarke rauf)

Liebe Leserin, lieber Leser, für verlagsinterne Statistiken bitten wir um ein paar freiwillige Angaben von Ihnen. Ihre Angaben werden selbstverständlich vertraulich behandelt und nicht an Dritte weitergeleitet. Sie müssen natürlich nicht alle Fragen beantworten.

Ich bin auf das Buch aufmerksam geworden durch

- ☐ Buchhandlung
- ☐ Internet www.

Buchbesprechung in

- ☐ Zeitung/Zeitschrift
- ☐ Radio/TV-Sendung
- ☐ Werbung in
- ☐ Empfehlung
- ☐ Sonstiges

Das Buch habe ich

- ☐ geschenkt bekommen
  - ☐ zum Geburtstag
  - ☐ zu Ostern/Weihnachten
  - ☐ anderer Anlaß
- ☐ zum Verschenken gekauft ☐ für mich selber gekauft

Ich interessiere mich für Humor & Satire-Bücher

- ☐ Ich bin Frieda-und-Anneliese-Fan
- ☐ Ich mag humorvolle Bücher

Ich bin ☐ **Jahre alt** ☐ weiblich ☐ männlich

Beruf:

Aus dem Lappan Verlag besitze ich bereits

- ☐ Humor & Cartoon-Bücher
- ☐ Bilderbücher ☐ leider noch kein Buch

Diese Lappan-Autoren kenne ich

- ☐ Uli Stein ☐ Til Mette
- ☐ Martin Perscheid ☐ Peter Butschkow
- ☐ Erich Rauschenbach ☐ Martin Zak
- ☐ Sonstige

Antwort

Lappan Verlag GmbH
Postfach 3407

D-26024 Oldenburg

den kleinen Haus. Das is denen bestimmt nich recht … Und wenn man denn aus son großes Zimmer kommt wie bei uns, dann kann man sich auch so schlecht umstellen, nicht?

Frieda: Das ist ja nun bald vorbei. Unser Reinhardt hat schon die Genehmigung. Im Sommer bauen wir durch, oben alles aus, unten alles noch mal so groß. Ich zieh mich dann nach oben zurück, und Reinhardt und Anita haben unten ihr kleines Reich.

Anneliese: Wir kriegen im Sommer ja 'n neues Auto.

Frieda: Unser Reinhardt hat sich gestern den neuen Fonda Thrombose bestellt. Oh, was 'n herrlichen Wagen!

Anneliese: Wir kriegen zun Winter ne neue Heizung!

Frieda: Reinhardt hat Fußbodenheizung.

Anneliese: Wir haben für Opa ne neue Grabstätte ausgesucht.

Frieda: Unser Reinhardt hat für mich eine direkt an Weg gebucht.

Anneliese: Wir fahrn in Sommer anne Nordsee.

Frieda: Da war unser Reinhardt schon als kleiner Junge.

Anneliese: Unser Opa hat ganz schlimm Zucker!

Frieda: Unser Reinhardt hat Krebs!

Laatzen hat geschrieben

***Behörden** erzeugen grundsätzlich Angst. Die natürliche – und berechtigte – Scheu des Eingeborenen vor staatlicher Willkür, gepaart mit dem Unvermögen, sich schriftlich auszudrücken, lässt Briefe in Schubladen ungeöffnet vergilben, Rechtsansprüche verstreichen und spart dem Staat eine Menge Geld.*

Frieda: Anneliese, ooh, nu isses passiert.

Anneliese: Beruhig dich doch, Frieda, was is passiert?

Frieda: Laatzen hat geschrieben.

Anneliese: Was fürn Laatzen?

Frieda: Mmhh, die LVA, ooohh, ohhhhh!

Anneliese: Was schreiben se denn?

Frieda: Das isses ja, was die wohl wollen, den Bescheid hab ich doch schon, ohhh, wenn Laatzen schreibt, das ist kein gutes Zeichen. Jedes Jahr um diese Zeit. Ohh, den ganzen Sommer bangt man den Herbst entgegen. Wenn die Tage kürzer werden, dann schreibt Laatzen wieder.

Anneliese: Was schreiben se denn, Frieda?

Frieda: Man weiß es nich.

Anneliese: Zeig doch mal her! Mmhh, du hast den Brief ja noch nich mal aufgemacht.

Frieda: Wer weiß, was die schreiben.

Anneliese: Ja, du nich, wenn de nich mal den Brief aufmachst.

Frieda: Kann ich mir doch beim besten Willen nich vorstellen, was Laatzen will.

Anneliese: Dann mach doch den verfluchten Brief endlich auf, dann weißtes.

Frieda: Ob da womöglich was nich bewilligt is?

Anneliese: Frieda!

Frieda: Oder was nich angerechnet wird. Ohh, wenn die man nich was wollen, aus Laatzen.

Anneliese: Was sollen die denn wollen können.

Frieda: Se können ja wollen, was se wollen – Laatzen is ja Laatzen.

Anneliese: Ham se denn was verlangt?

Frieda: Man kann es doch schließlich nur vermuten, ich guck ja nich rein in Briefe aus Laatzen.

Anneliese: Was? Du hast noch nie nen Brief aufgemacht vonne LVA. Nu hört mir doch alles auf, Frieda, du bist doch nich mehr ganz bei Trost. „...überreichen wir ihnen hiermit auch in diesem Herbst den LVA-Jahreskalender für das kommende Jahr und wünschen Ihnen weiterhin alles Gute. Ihre Landesversicherungsanstalt."

Frieda: Ohhh, und unsereins hat all die Jahre gebangt, wenn Laatzen schreibt.

Frauen und Männer

Frieda: Pinkelmöllers Hedwig sagt immer: Wenns den Frauen zu gut geht, denn is was faul inne Familie.

Anneliese: Guck doch nur mal Henkenjohanns Sigrid, geht mit Lippenstift zun Schweinefüttern.

Frieda: Für wen macht se das denn bloß, außer den Eber is da doch wohl keiner!

Anneliese: Sie sagt, sie macht sich für sich selbst hübsch.

Frieda: Iieh bah, was ne Schweinerei!

Anneliese: Wenn ich Henkenjohanns Helmut wär, denn würd ich ihr noch 200 Schweine mehr reinstellen, denn wär das mitte Schminkerei aber ruckzuck vorbei.

Frieda: Ich sag immer: Frauen, die sich zu sehr mit sich selbst beschäftigen, die gehn irgendwann vonne Fahne.

Anneliese: Besser, das wird im Keime erstickt durch ehrliche Arbeit.

Frieda: Jaha, Arbeit und eine strenge Männerhand sind des Eheglückes Unterpfand.

Anneliese: Ist das Weib herausgeputzet, es dem Manne wenig nutzet!

Frieda: Eitle Frau im Heim, stirbt im Stall das Schwein.
Was diese Emanzen doch immer haben, heute hat doch jede Frau ihr eigenes Geld.

Anneliese: Wilkens Andrea verdient sich doch schöne 1000 Mark im Monat inne Fettschmelze dazu.

Frieda: Wieso dazu? Was macht se denn noch?

Anneliese: Tippt nachts doch schon seit Jahren die Adressen für son … Versand. Und morgens vore Fabrik trägt se noch eben die Zeitung aus.

Frieda: Och, da kommen am Monatsende doch wohl runde Anderthalbtausend zusammen.

Anneliese: Und was das Schönste ist, sie muss ihren Wolfgang …

Frieda: Säuft der noch?

Anneliese: … mag wohl sein … jedenfalls ihrn Wolfgang bloß 1300 Mark abgeben.

Frieda: Och, dann hat se 200 Mark ganz für sich, wie schön!

Anneliese: Ja, da kann man schon ne Familie von satt kriegen.

Frieda: Bei Schlüters, das sind Zustände wie im alten Rom!

Anneliese: Is sie nich sogar Rechtsanwältin?

Frieda: Ja, und haben die beiden Kinder zu Hause, kriegen mittags nichts aufn Tisch und sind den ganzen Tag sich selbst überlassen! Wie oft sieht man sie mit hungrige Augen durche Fenster vonne Nachbarn direkt inne Pötte gucken …

Anneliese: Och, zwei Kinder auch noch …

Frieda: Annegret studiert Sonderpädagogik und Volker is Koch, wohnen beide noch im Elternhaus.

Anneliese: Wie schön! Solange die Kinder im Haus sind, muss jemand da sein, der ihnen mittags was aufn Tisch kriegt. Warum gibt sie denn nicht ihre Rechtsanwaltspraxis dran, wo ihr Mann doch auch Arbeit hat?

Frieda: Fährt seit Jahren den Gabelstapler bei Ziegemeier und Röhring.

Anneliese: Ja, das wird gut bezahlt.

Frieda: Wenn se sich 'n bisschen einschränken täten, könnten die da alle vier gut von leben.

Anneliese: Dass Annegret nu auch absolut studieren muss.

Frieda: Frauen heiraten ja doch und sind versorgt. Dass sie auch nicht das Arbeiten drangibt … Frau Dr. Schlüter draußen anne Tür und drinnen regiert der Hunger …

Anneliese: Wo du's sagst: „Hast du gehört, bei Hillenkötter und Pölking können se die ganzen Arbeiter auch nich mehr halten, sollen über die Hälfte entlassen werden."

Frieda: Wobei der „Rumänische Hirtensalat mit ganzen Stücken" von HIPÖ doch immer so lecker war – mochte unser Reinhardt schon als Kind. „Mutti, Hittisalat“, hat er immer gesagt, unser Reinhardt, was war das fürn himmelwohlgeratenes Kind.

Anneliese: Is nu Schluss mit Hittisalat, gerade die „Rumänische Hirtensalat-Straße“ wollen se dichtmachen …

Frieda: Ooch, da arbeiten ja auch bloß Frauen.

Anneliese: Die werden nu alle arbeitslos.

Frieda: „Arbeitslos, Arbeitslos“, das hört sich immer nach wer weiß was an. Solange der Mann verdient, soll das so schrecklich wohl nich sein. Und jedes Jahr ne neue Garnitur innen Wohnzimmer, braucht ja auch nich.

Anneliese: Wär’n aber auch viele Alleinerziehende dabei, die trifft es dann besonders hart.

Frieda: Jo, das hätten se sich man früher überlegen sollen. Erst werden unkontrolliert die Beine breit gemacht und dann wird „Alleinerziehende“ gesagt.

Anneliese: Sind aber auch viel verheiratet gewesen, solche die nu geschieden sind.

Frieda: Jooo, wenn von fern der gute Job an der „Rumänischen Hirtensalat-Straße“ bei Hillenkötter und Pölking winkt, ja, was soll man dann noch den stinkigen Nickel ewig annen Kopp haben. Da wird sich dann auch mal leicht geschieden.

Anneliese: Das is ja nu dann vorbei.

Frieda: Gott zei Dank! – Anneliese, was is doch bloß mit Raschuleits Paula los, steht nachts immer draußen anne Bushaltestelle – hab ich die ganzen Tage schon gedacht.

Anneliese: Wilfried hat sie rausgeschmissen.

Frieda: Oooch, das hat mir doch keiner erzählt. – Ihre Schuld, nehme ich an.

Anneliese: Er soll sie aber wohl auch öfter vermöbelt haben.

Frieda: Nich ohne Grund, sollte man meinen.

Anneliese: Immer wenn er ausse Siedlung kam nachts – er hatte da ne andere – hat er sie verwalackt.

Frieda: Des einen Freud ist des anderen Leid.

Anneliese: Jedenfalls hätte Paula ihn dann letzte Woche zur Rede gestellt: Wenn das mit den Verwalacken nich aufhörte, könnte er sehen, wer ihn die Unterhosen bügelt.

Frieda: Und dann …

Anneliese: Hat er se anne Luft gesetzt, ihr noch nen warmen Mantel hinterhergeschmissen un die Schlösser anne Haustür ausgetauscht.

Frieda: Reize einen Ehemann nie zum Scherz, denn du alleine trägst den Schmerz.

Anneliese: Ja, und nu hat se sich da wohl notdürftig inne Bushaltestelle eingerichtet.

Frieda: Soll doch man nich glauben, dass Wilfried sie zurücknimmt, wenn se sich so gehen lässt.

Anneliese: Ja, mag sein, dass se doch 'n bisschen leichtfertig gewesen is.

Frieda: Ich mochte Raschuleits Paula noch nie – trug die Nase immer so hoch.

Anneliese: Die Landfrauen treffen sich zum Weltfrauentag wieder innen Gemeindehaus.

Frieda: Och, wer spricht denn, Anneliese?

Anneliese: Superintendent G. Prczybilla über das Thema: „Wie fühlt man sich als Frau. – Gedanken eines unverheirateten Mannes."

Frieda: Wie schön: Prczybilla!

Anneliese: Danach gibs einen Lichtbildervortrag: Die Insel Mainau im Frühling.

Frieda: Woher hast du das doch alles?

Anneliese: Steht hier inne Einladung, Frieda. Hast du denn keine gekriegt?

Frieda: Nä.

Anneliese: Von Frau Probst-Meyer zu Tittingdorf persönlich. „Liebe Landfrauen, der Weltfrauentag bedeutet für uns

Frauen mehr als ein Tag der Frauen, er bedeutet auch das Herausgehen aus seiner angestammten Rolle als Hausfrau und Mutter. In diesem Sinne haben wir für alle Interessierten wieder eine fröhliche Tagesfahrt zusammengestellt. Es geht an den Bodensee, zur Insel Mainau, mit anschließendem Kaffeetrinken bei der Wirtin Wundermild in Rappoldsweiler an der B 33. Buchungen können direkt nach dem Lichtbildervortrag bei NB-Traumreisen vorgenommen werden."

Frieda: Oooh, wie schön. Jedes Jahr freu ich mich doch auf den Weltfrauentag, was gibt das anschließend immer für schöne Tagesfahrten. Letzt Jahr zum Völkerschlachtdenkmal nach Leipzig …

Anneliese: … oder das Jahr davor: der Güterverschiebebahnhof in Maschen mit anschließendem Heidjerfrühstück auf der Raststätte Brunautal.

Frieda: So herrliche Fahrten! Ooh Anneliese, der Landfrauenverein, was setzt der sich doch für uns ein, besonders Frau Probst-Meyer zu Tittingdorf … so ne schlichte Frau, trotz des „Meyer zu" … Bloß mitte Kinder … das hat ja nich sollen sein. – Bei Menken will es ja auch gar nich klappen mit 'n Nachwuchs.

Anneliese: Wie lange sind die denn schon verheiratet, Hartmut und Ulrike?

Frieda: Ham im nächsten Jahr Ochsenhochzeit. Ulrike hat zu unsern Reinhardt seine Anita gesagt: Sie wüsste doch nich, was sie noch alles anstellen sollte, hätte sich sogar schon schwarze Schlüpfer von Tchibo mitgebracht und alles.

Anneliese: Hartmut soll den Geruch auch wohl nich abkönnen, wo Ulrike den ganzen Tag inne Geflügelfarm arbeitet.

Frieda: Nu hat se den Salat. Bleibt wegen ihrn Dullkopp womöglich noch kinderlos.

Anneliese: Ja, meist sind die Frauen schuld, wenn kein Nachwuchs kommt. Ich glaube, das liegt auch an den vielen Schminken.

Frieda: Gut is das bestimmt nich, das glaube ich auch.

Anneliese: Auch das Hosentragen, soll mir keiner erzählen, dass das richtig is.

Frieda: Und das sag ich dir, Frauen, die keine Kinder haben, die werden doch etwas scheel angeguckt.

Anneliese: Es ist ja nun einmal das Los der Frau, Kinder zu gebären.

Frieda: Ein Los, das ich gerne getragen habe, wenn man sich den herrlichen Reinhardt so anguckt.

Anneliese: Das höchste Glück auf Erden, liegt auf dem Rücken der Kinder.

Frieda: Das stimmt, Anneliese.

Anneliese: Vorhin, als ich so an Nachdenken war, dacht ich, was is doch wohl aus Schmidts Klärchen geworden.

Frieda: Die wollte ja damals so himmelhoch hinaus. Hat se nich sogar die höhere Handelsschule besucht?

Anneliese: Ja, als man das noch gar nich so hatte. Fuhr jeden Tag mitten Fahrrad nach Stadt hin. Aber was dann nachn Krieg aus ihr geworden is, weiß ich nich.

Frieda: Geheiratet hat se ja nich, warn ihr ja alle nich gut genug.

Anneliese: Se hat doch mal ne Zeit mit Rittmeisters Günther poussiert.

Frieda: Ja, aber der war ja man bloß Bauer, glaub man nich, dass sich Klärchen mit so einen abgibt, wollt sich doch ja nich die Finger dreckig machen.

Anneliese: Inne Nachbarschaft erzählten se sich doch, sie hätte ne Firma geerbt von ihrn Stiefonkel in München.

Frieda: Hmh! BMW, die ham mit Autos zu tun, sagt Reinhardt, der kennt sich da ja mehr mit aus.

Anneliese: Was is das doch schrecklich für ne Frau, wenn man mit so nen Schicksalsschlag konfrontiert wird.

Frieda: Das is doch kein Umgang für ne Frau – Autos! All die Männer mitte schwatten Finger, und sie wollte doch immer so was Feines sein.

Anneliese: Ja, da sieht man, wo das endet. Werden längst nich alle Träume wahr im Leben.

Frieda: Da wär se besser mit ihren Rittmeisters Günther bedient gewesen, der hat in letzten Jahr Landabgaberente beantragt und verdient sich noch schwarz so manche Mark dazu mit Klärgruben-Auspumpen beie Leute.

Anneliese: Ja, da hätt se mehr von gehabt. Nu steht se da, allein mitte Firma als Frau! Du, der neue Pastor soll ja ne Frau sein, haben se erzählt.

Frieda: Gabs denn keinen Mann, der sich beworben hat, Anneliese?

Anneliese: Wären auch wohl welche gewesen, aber innen Kirchenvorstand hätten se gesagt, die Frau wär ihnen lieber.

Frieda: Sodom und Gomorrha. Wenn ich mal tot bin, da kommt mir aber keine Frau annen Sarg.

Anneliese: Nä, Frieda, sag auch man, das is nich halb so feierlich.

Frieda: Was tragen denn so weibliche Pastoren überhaupt aufe Kanzel?

Anneliese: Sollen wohl auch nen Talar ankriegen wie die richtigen Pastoren auch.

Frieda: Mögen sich noch so als Mann verkleiden, es ist nich dasselbe! Nä, was seh ich dagegen an, die piepsige Stimme innen Gottesdienst. Is sie denn verheiratet?

Anneliese: Ihr Mann wird auch Pastor.

Frieda: Warum haben se den denn nich genommen?

Anneliese: Der is noch nich fertig mit seine Ausbildung.

Frieda: Ach so, dann hält sie ihn bloß den Platz frei.

Anneliese: Nänä, er will wohl Camping-Pfarrer werden.

Frieda: Was doch nen Blödsinn! Wie konnte der Kirchenvorstand uns nur so was antun. Warum, um Himmels willen, wurde da doch kein Mann genommen?

Anneliese: Der Vorsitzende hätte gesagt, „Lieber ne Frau, da weiß man, was man hat, bei die männlichen Pastoren, da sind heute auch oft Andersrumme dabei “.

Frieda: Hmmh, das is auch wahr, Anneliese.

Essen und Trinken

Durchenander	Rüben, Kartoffeln, Bohnen, Erbsen mit Schweine-ersatzteilen (Ohren, Füßen, Schwänzen, Schnauzen)
Von gestern	Dasselbe, nur angebrannt
Mittach	Aufgewärmtes Durchenander am Abend
Mal was anderes	Sachen vom Wagen mit Maggi aufgemotzt
Unse essen gern …	Standardfraß aus eigener Schlachtung, der sich alle drei Tage wiederholt
So schnell gemacht	Tütensuppe mit Resten
Frühstück	Kaffee mit Speck
Ködel und Böhm	Zwei Teile Böhm auf ein Teil Ködel
Nudeln	Schleuderei-Makkaroni mit aufgewärmtem Backobst aus der Tüte
Spinat	Morastiges Blattgrün an zerkochten Schweinekartoffeln mit Ei
Hühnerfrikassee	Legehenne aus Frührente, zerschreddert in Mehlpampe
Würstchen	Bruchwürstchen aus dem Lagerverkauf der Fleisch-fabrik mit alten Kartoffeln in Salatmayonnaise
Suppe	Ausgekochte Rinderfüße mit Buchstabennudeln
Kompott	Eingemachte Gartenfrüchte (mindestens hälftig aus unrasierten Stachelbeeren bestehend) mit Dosenmilch
Torte	Boden aus der Packung, Mandarinen aus der Dose, Sahne aus dem Fitt-Fitt (pasteurisierte Sprühsahne)

Kuchen	Mehl, Butter, Hefe, Eier in Form eines Treckerreifens
Hochzeit	Markklößchensuppe, Zungenragout, zwei Sorten Braten, Kroketten, Erbsen und Bohnen. Danach: Dautmakepudding (5000 kcal pro Teller)
Gekaufte Wurst	Schwartenanteil unter 95%
Reis	mögen unse nich
Bienenstich	Kuchen mit Mandelsplittern und Buttercreme (nördlich des Mittellandkanals: Margarinecreme)

Getränke:

Muckefuck	Gerstenbraunwasser (für Gäste und alltags)
Echter Bohnenkaffee	Kaffee
Schluck	Doppelkorn zu jeder Tageszeit
Wasser	zum Auswaschen der Schluckgläser
Likör	Schluck für Frauen
Brautwater (Brotwasser)	altes Brot mit Essig und Wasser aufgesetzt (Erfrischung bei der Feldarbeit)
FaKo	Korn mit etwas Fanta, Aufbaugetränk der Jugend
Barackenwhisky	Doppelkorn mit ein paar Tropfen Boonekamp angefärbt
Wein	Bulgarische Superspätlese mit Rübenzucker nachgewürzt

Keine Zeit

***Arbeit** ist an sich ein Wert, egal wozu und wofür. Nur wer sich ständig müht, dem ist Gott zugetan. Je unsinniger die Plackerei, desto mehr kommt sie dem Ideal der Aufopferung nahe: Schweinestall fliesen, Dachpfannen waschen und den ganzen Sommer über Zupfen und Mähen, „damit man nich ans Denken kommt“.*

Frieda: Was doch ne eilige Zeit.
Anneliese: Und so eilig!
Frieda: Jaha. Von früh morgens bis spät in den Abend hinein, nichts als Arbeit!
Anneliese: Und zwischendurch wullacken und nochmals wullacken!
Frieda: Und wer dankt es einem?
Anneliese: Jaha, nicht mal ein Dankeschön.

Frieda: Muss man sich von sein eigen Fleisch und Blut auch noch beschimpfen lassen, wenn man 15 Stunden den Graben ausgemäht hat. „Mutti, dein Oberarm ist schon wieder ausgekugelt, die Nachbarn gucken schon“, das muss man sich dann sagen lassen.

Anneliese: Statt dass se einen den wieder einrenken!

Frieda: Jaha, Hilfe hat man nicht zu erwarten von der verwöhnten Jugend.

Anneliese: Nä, die wissen gar nich, was Krieg is. Wir mussten doch damals Nacht für Nacht zwölf Kilometer Rasenkanten schneiden und über uns der Tommy.

Frieda: So isses. Wenn ich unsen Reinhardt doch um etwas bitte, dann heißt es gleich: „Mutti, keine Zeit, ich muss zur Pediküre“.

Anneliese: Ach so … jaha, Pediküre wird bei der Jugend wohl ganz groß geschrieben, aber die Arbeit, die bleibt liegen! Wenn ich unsen Dieter sage: „Wasch doch mal eben den Giebel zur Straße, was is der seit letzte Woche doch wieder nachgeschmutzt“, dann krieg ich auch bloß zu hören: „Ich treff mich mit Ricardo zun Referat.“

Frieda: Is das der kleine Dunkelhaarige, den er auf deinen Geburtstag mit hatte?

Anneliese: Ja, mit dem macht er viel zusammen … das is ’n Studienkollege …

Frieda: Studienkollege?!

Anneliese: Ach, man kommt schierweg um inne Arbeit. Wenn der alte Baltruschat mir nich gestern noch das Badezimmer draußen anne Schweineweide gebaut hätte, ich wüsste nich, wie ich das bis Pfingsten noch dazwischengekriegt hätte.

Frieda: Ja, man will den Besuch ja auch nicht immer auf der eigenen Toilette haben zu stinken.

Anneliese: Och, man hat viel zu rüsten zun Frühjahr.

Frieda: Nicht eine Minute Zeit, um sich mal hinzusetzen. Letzte Woche, der schwere Unfall bei uns direkt vor der Tür. Glaubst du, ich hatte einen Moment Ruhe, um mir wenigstens die Schwerverletzten anzugucken?

Anneliese: Das Leben geht an einem vorüber. Nur Hast und Arbeit.

Frieda: Und Arbeit und Hast!

Anneliese: Ja, das kommt da noch hinzu! Keine Zeit für eine Tasse Kaffee oder ein Stück Kuchen.

Frieda: In all der Hast!

Sickendiecks bauen um

***Die Alten** auf dem Lande bekamen früher keine Rente und waren auf das Wohlwollen ihrer Kinder angewiesen, um zu überleben. Aus realistischem Misstrauen gegenüber ihrer undankbaren Brut versuchten sie deshalb den Hof so lange wie möglich als Pfand gegen die eigene Unversehrtheit zu behalten. Knarzige Opas weigerten sich noch mit neunzig, ihrem mittlerweile auch schon 65-jährigen „Jüngsten“ den Hof zu überschreiben, aus Angst, der „Bengel tut mir was an“.*

Frieda:	Das ging ja auch gar nich mehr bei Sickendiecks!
Anneliese:	Hat ja auch lange genug gedauert, bis es bei Watermeyer übern Tisch war.
Frieda:	Das Klo anne Rinder hinten und zum Füßewaschen sonnabends bei Holtkamps klingeln. Passte die ja auch schon seit Jahren nicht mehr.
Anneliese:	Sickendiecks Kinder, Manfred und Margitta, jeden Abend durchn Schweinstall zu Oma inne Schlafkammer.
Frieda:	Schweine wurden verrückt, wenn Margitta nachts um zwei vonne Diskothek kam.
Anneliese:	Nee, da musste nötig was gemacht werden.
Frieda:	Der neu gebaute Schweinstall, nee, das muss ich sagen, da haben Sickendiecks jetzt doch erheblich mehr Platz.
Anneliese:	Margitta und Manfred haben denn ja auch endlich ’n eigenes Zimmer …
Frieda:	Jeder?
Anneliese:	Nee, zusammen. Weil Oma doch mit in den neuen Stall gezogen ist.
Frieda:	Ach so. Wollen se denn ans Kammerfach hinten jetzt auch noch bei?
Anneliese:	Das nehm ich doch an. Auf Dauer wollen Willem und Marianne sicher auch ’n eigenes Zimmer haben.
Frieda:	Kann Opa denn jetzt nicht da raus und in den alten Schweinestall?
Anneliese:	Opa ist doch noch Besitzer, glaub man nicht,

dass der das Ehebett aufgibt!

Frieda: Jä, dann müssen Willem und Marianne eben woanders hin!

Anneliese: Sie hatten wohl auch 'n bisschen auf Oma und Opa ihre gute Stube spekuliert. Die steht ja schließlich seit vierzig Jahren leer, seit die beiden sich nicht mehr können.

Frieda: Ja, das ginge doch!

Anneliese: Von wegen! Opa hat se letzte Woche an Nagels Friedhelm verpachtet, dass er seinen Kartoffelroder übern Winter da unterstellen kann.

Frieda: Wollen Willem und Marianne sich denn jetzt was ausbauen woanders im Haus? Platz wär da ja genug.

Anneliese: Watermeyer vom Bauamt hätte nix dagegen, vonne Genehmigung aus …

Frieda: Nee, das glaub ich, Watermeyers sind ja auch noch Verwandtschaft …

Anneliese: Aber Oma sitzt aufn Geld. Und was wollten Willem und Marianne das alles schön machen.

Frieda: Das glaub ich. Die alten Eichenfenster raus und Kunststoff rein, wo die Sprossen in der Scheibe sind, dass man doch einfacher putzen kann.

Anneliese: Oh, wie schön! Wollten se das schäbige Fachwerk denn noch lassen? Das hat man doch heute gar nich mehr.

Frieda: Nee, nee, die sollten echten Eternit kriegen. Die Platten liegen da doch schon.

Anneliese: Und weil das ja immer so dunkel war bei die in den alten Haus, sollten die vier Eichen runter und die Dielentür ganz aus Glasbausteine.

Frieda: Was doch mal ne Idee!

Anneliese: Is aber alles nix geworden, weil die Alten sich einfach quer stellen.

Frieda: Ja, so ist das, wenn Alte noch das Sagen haben und die Jugend nicht gewähren lassen.

Anneliese: Wollten Reinhardt und Anita nicht auch endlich raus aus ihrn ein kleinen Zimmer.

Frieda: Och, solange se noch zu zweit sind, seh ich das ja gar nich ein, dass ich abtrete.

Anneliese: Ja, du brauchst ja auch deinen Platz: die kleine Stube für alle Tage, und wenn Besuch kommt, die gute Stube. Hermanns altes Schlafzimmer, denn noch deins, Reinhardts altes Kinderzimmer, wo im Winter die Blumen von Niewöhners stehen …

Frieda: Nur jeden zweiten Winter: Diesen Winter behalten Niewöhners ihre Blumen.

Anneliese: Ja, man braucht den Platz einfach. Da muss die Jugend zusammenrücken.

Stiekum pütkern

***Trinken** gilt als Männerdomäne, selbstverständlich und unheilbar. Wenn der Bauer sich den ganzen Hof durch den Schlund jagt, ist das zwar bedauernswert, aber unabwendbares Schicksal („das sitzt da einfach drin“). Frauen, die, aus welchem Kummer auch immer, zur Flasche greifen, versteht man nicht. Denn Saufen ist zwar erblich, aber geht nur auf die männlichen Nachfahren über. Diese können dann nichts dafür. Frauen saufen hingegen mit Vorsatz und sind „selbst schuld“.*

Frieda: Nesemeyers Waltraud soll sich auch stiekum einen pütkern.

Anneliese: Wer hat das erzählt, Frieda?

Frieda: Erzählt?! Briefträgers Herrmann hat se gestern innen Graben gefunden – kanonendicke!

Anneliese: Und?

Frieda: Friedhelm hat se dann wohl mit ’n Frontlader abgeholt.

Anneliese: Das versteht man doch nich, warum so ne Waltraud das Pütkern anfängt, hat doch alles: der Kuhstall gefliest, die Jungs aussen Haus …

Frieda: … wenn auch in Haft!

Anneliese: … die Alten hat se untere Erde, was könnte das doch ne Herrlichkeit sein aufe Nesemeyerei.

Frieda: Und nu das Pütkern! Annen Herd lassen se se gar nich mehr ran.

Anneliese: Verbrennt sich wohl dauernd?

Frieda: Nä, bricht alle man so inne Pötte! Hat Friedhelm zufällig eines Tages beobachtet, als er vormittags schon vonnen Felde kam.

Anneliese: Was doch 'n Elend, können Nesemeyers denn gar nix machen, kann der Pastor denn nich mal auf Waltraut einwirken?

Frieda: Ooch, der Pastor, der wär schon vor Monateen da gewesen un hätt' se mit 'n Forkenstiel verwalackt, hätt auch nix geholfen.

Anneliese: Auch mal n Stein annen Kopp geschmissen?

Frieda: Das wohl noch nich, Anneliese!

Anneliese: Un Friedhelm? Guckt der sich das einfach so mit an, wie Waltraud die ganze Nesemeyerei verpütkert?

Frieda: Friedhelm soll zun Milchwagenfahrer gesagt ham: Wenn se da wieder aufe Straße liegt, halt drauf!

Anneliese: Wär für alle Beteiligte sicher das Beste.

Frieda: Ja, womöglich.

Anneliese: Frieda, pütkerst du hier stiekum? Zeig sofort deine Handtasche her! Bah! Alles voller leere Pülleken! Warum, Frieda?

Frieda: 180 Stück aneinander gelegt ergeben eine herrliche Flaschenrosette für den Rasen. Da wollt ich Reinhardt mit überraschen zum Geburtstag.

Anneliese: Ich hab ja schon viel Elend gesehen, Frieda. Aber das verschlägt einen doch die Sprache:
Du pütkerst heimlich Maggi?! Bah!!!!!

Tod und Friedhof

Frieda: Anneliese, bei Klötenkämpers die eine ist auch letzte Woche wohl gestorben.
Anneliese: Die eine, die eine! Das war deine Schwester Alwine, Frieda!
Frieda: Geschwister kann man sich ja nich aussuchen. War auch viel älter als ich.
Anneliese: Zwei Jahre!
Frieda: Aber genau dazwischen lag der Generationswechsel. Das is wie in Stirpe-Ölingen. Da wohnen manche Geschwister auch bloß 'n paar hundert Meter aussenander, aber dazwischen liegt der Mittellandkanal. Die haben sich oft jahrzehntelang nich gesehen.
Anneliese: Was erzählst du doch alle wieder fürn Blödsinn, Frieda, der Generationswechsel is doch nich wie der Mittellandkanal, du und Alwine seid doch fast gleich alt.
Frieda: Neenee, direkt unterhalb von Alwine fing die ältere Generation an, ich gehöre ja noch zur mittleren Generation.
Anneliese: Du bist über siebzig, Frieda!
Frieda: Wenn auch. Die mittlere Generation wird ja auch nu mal älter.
Anneliese: Du tickst doch nich mehr richtig.
Frieda: Beim Spieleabend im Gemeindehaus vom Pastor trifft sich auch bloß noch die mittlere Generation, die ältere is ja meist schon tot.
Anneliese: Ja und du bist auch womöglich bald tot, Frieda.
Frieda: Aber als Angehörige der mittleren Generation.
Anneliese: Was war eigentlich mit dir und deiner Schwester Alwine, Frieda?
Frieda: Die eine da aufe Klötenkämperei.
Anneliese: Ja, welche sonst, du hattest doch bloß die eine Schwester!

Frieda: Die hat uns junge Leute ja nie verstanden.

Anneliese: Wolltest du nich ursprünglich aufe Klötenkämperei einheiraten, aber Walter hat lieber mit Alwine poussiert?

Frieda: Un nu isse tot, das war dann womöglich doch etwas kurzfristig gedacht.

Anneliese: Die waren 50 Jahre verheiratet, haben vier Kinder, neun Enkel und schon drei Urenkel.

Frieda: Un nu sitzt Walter da alleine auf seine 120 ha.

Anneliese: Und du auf deine 800 qm.

Frieda: Mehr Land war mir ja vom Schicksal nich beschieden.

Anneliese: Jetzt wo Alwine tot is, könnteste doch jedenfalls mal mit Walter wieder sprechen.

Frieda: Phh, nu, wo alles verpachtet is, nö, da bin ich mir auch zu schade zu.

Anneliese: Sickendiecks Reinold sitzt auch voller Schläuche. Sie rechnen jeden Tag damit, dass er die Augen zumacht.

Frieda: Ohhh, der hatte immer noch den Kartoffelroder von uns. Dann will ich da diese Woche doch noch mal hin.

Anneliese: Er kann aber nich mehr sprechen und erkennt auch keinen mehr.

Frieda: Das war son Schleuderroder mit Pferdedeichsel.

Anneliese: Reinold erkennt nich mal mehr seine Frau und Kinder, Frieda.

Frieda: Was haben wir da vorm Krieg viel mit gerodet, so was vergisst man nich.

Anneliese: Warum sollte jemand, der im Sterben liegt, sich wohl ausgerechnet an deinen alten Kartoffelroder zurückerinnern?

Frieda: Gerade dann läuft das ganze Leben wie ein Film vor einem ab. Da steht Reinold dann aufm Feld, anne Trense führt er seinen Hansi, das war son lüttken Polenwallach, und zieht den Schleuderroder durch die Kartoffeln.

Anneliese: Was willst du überhaupt mit dem alten Schrott?

Frieda: Reinold hatte sich ja mal 'n bisschen in mich verguckt, und da kam er jede Woche bei uns vorbei und hat sich den Roder geliehen, nur um mich zu sehen.

Anneliese: Was hat er denn mit den Roder gemacht jedes Mal?

Frieda: Oooch, so vor sich hingerodet den ganzen Tag und abends hat er ihn wieder zurückgebracht.

Anneliese: Und warum is das nix geworden mit dir und Reinold damals?

Frieda: Aufgrund dieses vielen Gerodes haben sie ihn schließlich zun Getrudenberg gebracht.

Anneliese: Ins LKH?

Frieda: Hmh, sücho! – So viel sterben in letzte Zeit gar nich, Anneliese, wie schon mal.

Anneliese: Ich war letzte Woche auch bloß einmal inne Leichenhalle.

Frieda: So viel wie da sterben könnten, sterben nich.

Anneliese: Das stimmt.

Frieda: Viele schleppen sich noch so in die Adventszeit rein.

Anneliese: Jaha, in all dem Lichterglanz sagt man auch leichter „Auf Wiedersehen".

Frieda: Das is auch dann nen schöneren Eindruck von der Welt, den man zurückbehält: überall die Kerzen und bunten Kugeln.

Anneliese: Fittken Otto von „Pietät Fittken und Söhne", der klagte gestern auch so: Ohh, was hätten sie wenig zu tun in ihre Leichenbude. Aber kurz vor Weihnachten, wenn man selber auch mal nen Glühwein trinken wollte, dann kämen se wieder alle an mit ihre toten Omas und Opas.

Frieda: Ja, da nimmt keiner Rücksicht, aus puren Eigennutz schleppen sich diese Schwerkranken in die Adventszeit rein.

Anneliese: Inne Bagatellenklinik in Osnabrück, da machen ses ja anders. Da hängen se schon Ende Oktober überall Lichterketten und Lametta in die Zimmer, damit sich das Sterben im Dezember nich so häuft.

Kommt eigentlich der Hühnerkerl aus Dinklage gar nich mehr, Frieda? der kam doch jedes Jahr um diese Zeit mit Legereife vorbei.

Frieda: Ich glaube, der is tot. Die letzten Jahre kamen immer auch schon die Hühner alleine vorbei. Ihn hab ich gar nich mehr gesehen.

Anneliese: So geht einer nach dem anderen dahin.

Frieda: Gerade solche, die mit 'n Wagen vorbeikommen, da merkt man das oft erst Jahre später, wenn die tot sind. Der Bäcker Nösekabel, der immer dienstags bei uns kam, der stieg ja nie aus. Erst letzte Woche hab ich mal vorne in das Führerhaus reingeguckt, da saßen zwei Türken, die hatten die Bäckerei schon vor drei Jahren übernommen.

Anneliese: Das müssen schon fünf Jahre her sein, dass der alte Nösekabel da nich mehr is.

Frieda: Ja, dann muss er wohl jeden Dienstag noch zwei Jahre tot vorbeigekommen sein, Anneliese, anders kann ich mir das nich erklären. – Ohh, aufn Friedhof, da ist was los, sag ich dir. Reinhardt is ja im Friedhofsausschuss der Gemeinde. Was der alles erzählt.

Anneliese: Was is denn passiert?

Frieda: Gleich wenn man reinkommt rechts von der Linde, da haben doch Meyer zu Obergrewenholts ihre Grabstelle.

Anneliese: Jaha, wunderschön, alles Granit, die liegen da doch schon seit dreihundert Jahren.

Frieda: Hmh, und daneben die Stelle, das war doch Meyer zum Gottesberge.

Anneliese: Ja, da liegen alle die großen Meyerhöfe direkt anne Kirche.

Frieda: Meyer zum Gottesberge, da is ja seit 50 Jahren kein Frischer mehr hingekommen und die ham sich ja jetz ne kleinere Grabstelle hinten anne Mauer gekauft.

Anneliese: Denen solls auch gar nich gut gehen, finanziell.

Frieda: Jedenfalls hat die Gemeinde die alte Stelle von Meyer zum Gottesberge weiter vergeben an Konetschnys.

Anneliese: An wen?

Frieda: Konetschnys, das sind die mit den vielen Hunden, die im alten Siechenheim wohnen.

Anneliese: Können die sich denn so ne Grabstelle leisten?

Frieda: Bezahlt doch alles die Fürsorge. Jedenfalls sind Meyer zu Obergrewenholts auf 180. Ernst-August hätte schon aufe Gemeinde gesagt: Er legt sich nich neben so nen Konetschny.

Anneliese: Dann sollen se denen doch ne andere Grabstelle zuweisen. So Konetschnys, die kommen doch überall zurecht.

Frieda: Einer von denen liegt da man aber schon seit letzte Woche. Und Meyer zu Obergrewenholts verlangen nu von Reinhardt, dass er diesen Konetschny umbettet. Die wollen das aber nich.

Anneliese: So sind se. Vonne Fürsorge leben, aber sich nich mal umbetten lassen.

Frieda: Hmh. – Ohh, Anneliese, aufn Friedhof, da spielen se alle verrückt. Reinhardt hat gerade angerufen. Obergrewenholts Ernst-August hat heute Nacht mit 'n Frontlader den alten Konetschny ausgegraben, und nu steht der Sarg anne Leichenhalle.

Anneliese: Is das nich Friedhofsschändung sogar?

Frieda: Die hatten den Konetschny wohl aus Versehen 10 cm auf Meyer zu Obergrewenholts Grabstelle verscharrt. Is ja alles voller Efeu, das hat Fittken Otto wohl auch nich so recht gesehen in besoffenen Kopp.

Anneliese: Und was machen se nu mit den Sarg?

Frieda: Die Verwaltung hat den Konetschnys ne Stelle hinten am Kompost angeboten, dreimal so groß. Da können die alle unterkommen – wollen se aber nich.

Anneliese: Was war das früher einfach, als se die Leute aus 'n Armenhaus noch vor der Mauer bestattet haben.

Frieda: Aber die haben jetzt die gleichen Rechte wie Normale, das isses ja man.

Anneliese: Und was will euer Reinhardt nu machen?

Frieda: Wahrscheinlich weist die Gemeinde nen neuen Friedhof direkt hinterm alten Siechenheim aus, der alte is ja längst viel zu klein geworden.

Anneliese: Das stimmt auch, der is ja viel zu klein. – Und was passiert mit dem alten Konetschny?

Frieda: Der kommt solange inne Gefriertruhe. – Ich sag immer: Lasst den Toten ihre Ruhe, keiner will sie zurück.

Anneliese: Jaha, wenn man erst tot is, dann hat man keine Freunde mehr.

Frieda: Nä, und keine Sorgen.

Anneliese: Mit dem Tod ist alles vorbei.

Frieda: Da machen sich die jungen Leute ja gar keine Gedanken drüber. Unser Reinhardt zum Beispiel hat für Anita letzte Woche das Abonnement der Häkelzeitschrift um ein Jahr verlängert. Was bist du doch dösig, hab ich zu ihn gesagt. Nu lass Anita mal unglücklich gegen ne Dachlatte laufen. Ja und was willst du dann machen? Noch nen halbes Jahr inne Häkelzeitschrift lesen?

Anneliese: Was sind die jungen Leute doch unvernünftig. Befassen sich so überhaupt nicht mit dem Tod.

Frieda: Ich habe alles geregelt, ich muss bloß noch zwei Jahre durchhalten.

Anneliese: Was is denn dann?

Frieda: Dann is Niewöhners Wilhelm dreißig Jahre tot. – Wir haben ja die Grabstelle mit Niewöhners zusammen.

Anneliese: Oh, Frieda, dann musste aber passend sterben, sonst legt sich in zwei Jahren Niewöhners Wilma auf den freien Platz.

Frieda: Das ist auch meine Hauptangst.

Anneliese: Aber wer zuerst kommt mahlt zuerst.

Frieda: So isses, hmh.

Der Mordfall im Berg

__Erbanlagen__ gelten viel auf dem Dorf, besonders die schlechten. Im Grunde ist alles erblich: Arbeitslosigkeit, Die-Tür-in-einer-falschen-Farbe-anstreichen und natürlich der Hang zum Umbringen. Noch bevor die Wissenschaft das Genom des Menschen komplett entschlüsselt hatte, wussten bei Frieda und Anneliese schon alle Bescheid. Die schlechten Gene erkennt man an den Endungen der Nachnamen: -ski, -iak oder -ka.

Frieda: Soll einer aussen Dorf gewesen sein …

Anneliese: Von den Speckmanns Bettina jetzt guter Hoffnung ist, weiß ich schon längst!

Frieda: Och was, der Mordfall in Sickendiecks Bergteil.

Anneliese: Einer aussen Dorf, Frieda, wer käm denn da infrage?

Frieda: Krachowiaks, wo die doch so schäbige Erbanlagen haben.

Anneliese: Ja, da is was Wahres dran, wenn man alleine sieht, wie Krachowiaks Willi vorn Hupa-Markt seinen Wagen parkt, immer zwei Parklücken aufn mal, solche sind zu allem fähig!

Frieda: Da is Hermann aber nix besser – auch son Deubel, hat aufn Sonntag Runkeln geholt füre Kühe!

Anneliese: Aufn Sonntag, sag bloß, das wußte ich ja noch gar nich. Und Krachowiaks Georg soll sogar aus 'n Gesangsverein austreten wollen!

Frieda: Dann kommt der ja auch noch infrage.

Anneliese: Womöglich haben se es auch alle drei zusammen gemacht …

Frieda: Drei auf ein wehrloses Opfer! Nicht nur schlecht, auch noch feige!

Anneliese: Hermann soll 'n dann wohl festgehalten haben und die andern beiden mit ihre Messer reinzustechen!

Frieda: Mit 'n Messer, Anneliese?

Anneliese: Glaub doch nich, dass sich so ne Krachowiaks was anderes leisten können.

Frieda: Bei ihre schäbigen Erbanlagen.

Anneliese: Und das ganze Blut überall.

Frieda: Och, wo du's sagst, Anneliese. Krachowiaks Mimmi hatte gestern den ganzen Tag Wäsche.

Anneliese: Das kommt ja einem Geständnis gleich! Und solche sind noch auf freiem Fuß.

Frieda: Ooooh, ich denke gerade: Reinhardt und Anita sind spazieren hinten vorn Wald, keine 100 Meter von Krachowiaks Runkeln weg. Ohhh, da lauern se womöglich mit ihre Messer innen Graben, un alle Mann springen se aufe schiere Anita zu schneiden.

Anneliese: Und auf Reinhardt, Frieda.

Frieda: Und dann auf den herrlichen Reinhardt, alles voller Krachowiaks, oh Anneliese, wir müssen die Polzei anrufen.

Anneliese: Wo is der Apperat?

Frieda: Hier, ich bin zu schwach zun Sprechen, Anneliese, telefonier du!

Anneliese: Hier bei Horstmannskötter. Is da die Polzei? Krachowiaks sind hinten annen Wald mit ihre Messer in Reinhardt und Anita zu schneiden, es geht um Leben und Tod. Das sind die Gleichen, die auch den Kerl in Sickendiecks Bergteil ermordet haben. …

Frieda: Sach, dass unser Reinhardt nen hohen Posten aufn Finanzamt bekleidet.

Anneliese: Was? Ja……Ja……is gut. Hmh.

Frieda: Was is, Anneliese, kommen se?

Anneliese: Nä.

Frieda: Nu rede doch, lass dir doch nich alles ausse Nase ziehen.

Anneliese: War keiner vonne Krachowiaks, den Täter haben se schon vor zwei Tagen verhaftet.

Frieda: Ohhhh, Sawatzkis Hubert, das hab ich mir gleich gedacht, Anneliese, bei den schäbigen Erbanlagen.

Anneliese: Sawatzkis Alfons, der is aber auch nich ohne, wie der sein Haus gestrichen hat, so unegal und alles.

Frieda: Womöglich auch Sawatzkis Oma mit ihre gefärbten Haare.

Anneliese: Oder alle drei zusammen.

Frieda: Mit ihre Messer zu stochern in den armen Kerl.

Die Diepholzer

***Besuch** kommt eigentlich dauernd, sobald die Arbeit für einen Tag ruht. Dabei unterscheidet sich der ländliche „Besuch“ von der städtischen „Party“ vor allem durch drei Dinge: Es passiert absolut gar nichts, die „Besucher“ sind in der Regel nicht willkommen, gehen dafür aber meistens rechtzeitig. Jeden Sonntagnachmittag bekommt man „Besuch“ oder muss zu öden Verwandten „auf Besuch“. In dieser Begegnungsform hat die Landbevölkerung der Langeweile ein Denkmal gesetzt.*

Anneliese: So, ich hab denn soweit auch alles vorbereitet für die Feiertage. Hmh. Am ersten kommen immer die Diepholzer.

Frieda: Och.

Anneliese: Die bringen ne Quarksahne mit und ich mach nen einfachen Boden. Hildegard hat ja Zucker ... Nä, nich schlimm, die muss noch nicht spritzen. Das nich. ... Erich darf auch nicht alles essen, nehee. ... Der war ja jetzt weg.

Frieda: Och, is es wahr?

Anneliese: Schwarzwälder mit Kirschwasser, das is für Erich ja ’n rotes Tuch. Da braucht der bloß den kleinsten Tropfen Alkohol drin haben und schon ist er rückfällig.

Frieda: Och nein ...

Anneliese: Ja, und das will man doch auch nicht verschuldet haben. Wo er Hildegard doch damals so fürchterlich zugerichtet hat. Wenn er in diesem Zustand war. Hmh.

Frieda: Hmh. Hmh. Hmh.

Anneliese: Och, das is an sich ja ne furchtbare Krankheit, nich.

Frieda: Ja.

Anneliese: Heute is Erich ja Teilzeitinvalide.

Frieda: Hmh. Hmh. Hmh. Arbeit’ nur noch schwarz, hmh. – Ja.

Anneliese: Och, so ne Doppelbelastung, die hält son Körper einfach nicht mehr durch.

Frieda: Stimmt auch.

Anneliese: Und er verdient sich als Fliesenleger ja noch ne schöne Stange Geld zusätzlich zu seine Berufsunfähigkeitsrente von Staat.

Frieda: Ja.

Anneliese: Und Hildegard, die is froh, dass se den alten Stinker auch nicht immer umme Füße hat. Wo se doch auch diesen schrecklichen Pilzbefall da unten überall hat.

Frieda: Ach, wie schrecklich.

Anneliese: Ohne ihre Salbe geht die ja nich aus 'n Haus. Und dann immer was gegen den Zuckerschock inne Handtasche, jaha.

Frieda: Ach, was is das doch traurig.

Anneliese: Und Erich hat auch immer die ganzen Taschen voller Valium. Das isst der wie Pfefferminz. Letzt Jahr Ostern hab ich schon so zu Hildegard gesagt, ob das alle so gut is für den Erich, diese vielen Tabletten … is ja doch ne Umstellung von Alkohol auf Tabletten.

Frieda: Ja, das stimmt. Das kenn ich auch, ja …

Anneliese: So einfach verkraftet das son Körper ja auch nicht.

Frieda: Neihein. Hmh.

Anneliese: Nä. Zu unsen Heinz sag ich immer: Trink du man deinen Korn. Das is ne sichere Sache, nich. Ganz sichere Sache.

Frieda: Hmh. Hmh.

Anneliese: Och ja. Die Diepholzer, die sind nicht mehr viel. Sind beide mehr so Wracks. Aber ich hab se immer gern zun Kaffee an beiden Feiertagen. Alles blüht dann bei uns in Garten.

Frieda: Wie schön!

Anneliese: Und dann diese beiden … Man möchte ja fast sagen „Leichen".

Frieda: Leichen, jaha …

Anneliese: Was is das doch immer fürn schönen Kontrast …

Frieda: … jaha, schönen Kontrast …

Schon wieder krank

***Heilen und kurieren** kann man sich mit „Tabletten von Doktor“, die man ab einem gewissen Alter dauernd zu sich nimmt oder durch Selbstmedikation. Es kursieren tausend und ein Rezept über den Heilerfolg mit unkonventionellen Mitteln: Wagenschmier gegen Rheuma, Melkfett gegen alles, heiße Kartoffeln gegen Krebs. Eigentlich wird man aber nicht schlau aus den Landbewohnern. Einerseits müssen sofort Tabletten geholt werden, wenn nur der Verdacht auf „son Reißen“ oder „Malässen mit 'n Ballich“ besteht, andererseits gilt es als „Anstellerei“, wenn man eine Oberschenkelfraktur vom Arzt richten lässt, statt einfach zu warten, bis das Bein irgendwie von selbst wieder zusammenwächst.*

Anneliese: Die Böckelmanns, die dies Schraubengeschäft in Quakenbrück haben, davon die Frau, die soll ja so schwer liegen.

Frieda: Leberfimose?

Anneliese: Och was, das kriegen ja nur Männer. Steuerfahndung!

Frieda: Oh, das soll ja son schlimmes Leiden sein!

Anneliese: Nee, was ich meinte, die hatten die Steuerfahndung: Tür flog auf in Kontor, zehn Beamte mit Gewehre in Zimmer und die Böckelmannsche hat alle man die Quittungen runtergeschluckt.

Frieda: Und?

Anneliese: Darmverschluss!

Frieda: Wie furchtbar! Aber das hört man ja immer öfter. Was ich erlebt habe, ich war doch bei Sickendiecks zun Kaffee, auf einmal flog auch die Tür auf und Wilhelm stand in Zimmer und schrie: Marianne, ich glaube, ich habe Darmkrebs!

Anneliese: Und was habt ihr gemacht?

Frieda: Weitergegessen. Ich jedenfalls … gab schließlich Quarksahne.

Anneliese: Sag gar! Aber Wilhelm und Marianne doch wohl nicht.

Frieda: Nein. Die sind in Flur gegangen, Wilhelm bückte sich und Marianne guckte hinten nach, ob man was von Darmkrebs sah.

Anneliese: Woher weißt du das denn, du warst doch inne Stube?

Frieda: Sickendiecks haben doch die Milchglasscheibe inne Tür …

Anneliese: Iiieh!

Frieda: Noch Kaffee, Anneliese?

Anneliese: Wer fragt, gibt nicht gern!

Frieda: Na gut …

Anneliese: Pass auf, mein neuer Kittel! Nun ist er ganz nass und das Rheumakatzenfell dazu!

Frieda: Wo hast du denn ein Katzenfell sitzen?

Anneliese: Überall! Der Arzt sagt, Verdacht auf Körperrheuma!

Frieda: Wegen so ne Kleinigkeit rennst du zun Dokter, Anneliese? Ich hab schon seit Tagen überall Zehengummis, ich lauf ja übern großen Onkel. Da wär ich beinahe dran gestorben, sagt Dr. Westphal.

Anneliese: Das soll schlimm sein? Zwei Tage Retterspitzumschläge oder einfach mit 'n Beil das wilde Fleisch zwischen weghauen, ist immer noch das Beste. Zehengummis nehm ich höchstens, damit die Strümpfe geschont werden.

Frieda: Strümpfe?!! Die darf ich nicht mal mehr anhaben, seit se mir neulich wieder die Krampfadern verödet haben. Dreißig laufende Meter haben se rausgezogen und die Küche sah aus!!! Noch Himbeerkuchen?

Anneliese: Ja sicher. Die Küche, die Küche! Ich muss mir die vierzig Warzen untern Fuß wegmachen lassen, was meinst du, was das für ne Schweinerei is aufe Diele!

Frieda: Dass da extra welche zum Schneiden kommen … was doch ein Umstand. Unser Opa stellte die Füße immer zehn Minuten aufe heiße Herdplatte und weg waren se, die Warzen! Für so was rufen wir nicht Schwester Birgit an.

Anneliese: Welche Schwester Birgit?

Frieda: Unse Schwester Birgit.

Anneliese: Ha! Bild dir man nix ein, bloß weil der Wagen von ihrn mobilen Pflegedienst jeden Tag bei euch steht.

Frieda: Ich bin eben todkrank!

Anneliese: Stinkenfaul, lässt dir doch bloß die Brötchen ans Bett bringen von Schwester Birgit, das wissen doch alle in Dorf!

Frieda: Faulheit??? Mir wollen se nächste Woche beinahe das Bein abnehmen!

Anneliese: Ich wär froh, wenn ich zwei hätte!

Frieda: So viel hatte ich noch nie!

Anneliese: Ich wohl!

Frieda: Manche haben eben mehr Glück in Leben.

Anneliese: Was fürn Quatsch, Frieda! Wo haben sie dir denn wohl die Krampfadern rausgerissen, wenn du keine Beine hast?

Frieda: Überall! Sogar ausse Zunge! Und alles versiegelt und verödet. Jaha!

Anneliese: Manchmal frage ich mich, warum se dir nicht auch den Kopp veröden. Da findet doch schon lange nix mehr statt.

Frieda: Der Antrag ist schon durch. Aber die Wartelisten sind man zu lang, sagt Dr. Westphal.

Anneliese: Was kommt denn da fürn schwatten Wagen? Will der uns abholen?

Frieda: Oh, der Wagen kommt, nun ist es so weit, ohhh, Anneliese, geh du man zuerst, ich kann wohl noch warten …

Beide: Der Wagen …!

Seltene Allergie

Kinderprahlen *– Nie sah man zwei Mütter zusammen sitzen, ohne dass sie ihre jeweilige Brut in alle Himmel prahlten. Was zu Hause vermöbelt und „verwalackt" wird, wandelt sich auf wundersame Weise beim Überschreiten der Schwelle in verkappte Nobelpreisträger, Hochbegabte und Vorgesetzte ganzer Hundertschaften.*

Anneliese: Hach, Frieda, hast du heute schon Zeitung gelesen?

Frieda: Diese Woche ham Niewöhners die Zeitung, wir ham die ja mit Niewöhners zusammen.

Anneliese: Dann musst du unbedingt heute Abend reingucken, wenn ihr sie kriegt, Frieda.

Frieda: Niewöhners ham die diese Woche, wir kriegen die nich.

Anneliese: Was, aber die bringen se doch dann wohl rüber?

Frieda: Wir sind doch schon seit acht Jahren mit Niewöhners verkracht, wir sprechen gar nich mehr mit die.

Anneliese: Was? Warum habt ihr dann die Zeitung mit denen zusammen?

Frieda: Is billiger!

Anneliese: Hä? Nä, was ich sagen wollte: Unser Dieter steht ganz groß in Lokalteil.

Frieda: Hat der nen Unfall gehabt?

Anneliese: Ach was!

Frieda: Ne Bank ausgeraubt.

Anneliese: Ach, was erzählst du doch alle, Frieda: Unser Dieter hat sein Pädagogikstaatsexamen bestanden.

Frieda: Unser Reinhardt ihn seine Anita hat ne ganz seltene Allergie!

Anneliese: Hach, die Professoren haben gesagt, so einen wie unsen Dieter, den gäbs bloß einmal in tausend Jahren.

Frieda: Bei Anita ham die Professoren gesagt, so ne seltene Allergie hätten se überhaupt noch nicht gehabt.

Anneliese: Ham se unsen Dieter sogar gefragt, ob er nicht seinen Doktor noch machen wollte, so himmelbegabt wie er is.

Frieda: Anita kratzt sich nachts immer wund, alles voller Eiter, jeden Tach Wäsche, Reinhardt is mitte Nerven fertig, die Doktoren und Professoren sagen, das wär so ne himmelseltene Allergie, die könnte man womöglich erst in nächsten Jahrtausend heilen – jaha, unsen Reinhardt seine Anita, hmh.

Anneliese: Unsen Dieter prahlen se ja so – och, so was hätte die Welt noch nicht gesehen. Dieter, Dieter, hört man bloß noch in den Flur von ihn seine Abteilung, das Dieter, Dieter über alles.

Frieda: Die ganzen Füße, kommt das wilde Fleisch so durch – is nich schön, vor allen Dingen für unsen Reinhardt, ich mein, son Mann, der hat ja auch Bedürfnisse – ein einziger roter Klumpen, son Fuß, oh, oh.

Anneliese: Unsen Dieter, sagen se, kriegte am Ende noch den Nobelpreis in Pädagogik, so überschlau wie der is.

Frieda: Nobelpreis? Sind unse gar nich so für!

Vertriebene

Herzls

Frieda: Herzls waren jetzt auch wieder inne kalten Heimat, bei sich zu Hause.

Anneliese: Ja, da hinten weg. Wie heißt das da noch … Marjallchen, glaube ich.

Frieda: Du bist mir auch son Marjallchen, nee, die sind damals von Groß-Rominten rübergekommen. Die erste Zeit haben sie und ihrn Onkel Fritzka bei Sickendiecks hinten im Hühnerstall gewohnt, die 10 Kinder waren bein Totengräber seine Familie in Pflege, und ihrn großen Eichenschrank, den hatten se bei uns untergestellt. Oh, was war das immer, man konnte doch nicht vonne Diele inne Küche kommen, weil der große Trumm von Herzls da rumstand.

Anneliese: Hatten die den ganz von Ostpreußen bis nach hier mitgeschlürt?

Frieda: Ja, die Kinder haben den abwechselnd aufn Buckel getragen. Vier sind unterwegs umgekehrt und sind jetzt wohl gut verheiratet in Litauen.

Anneliese: Sieh an. Was haben die denn für welche gekriegt?

Frieda: Mehr so Russen.

Anneliese: Ach so. Was war denn das Besondere an den Schrank, dass se den über tausend Kilometer mit sich rumgetragen haben?

Frieda: Da saß noch einer drin. Der Opa, der war doch schwer inne Partei.

Anneliese Aber an den Opa kann ich mich gar nich erinnern!

Frieda: Den müssen se schon kurz hinter der Weichsel verloren haben … als se dann hier in den Schrank reingeguckt haben, fehlte die Rückwand.

Anneliese: Was haben die sich wohl geärgert, dass se den Schrank 800 Kilometer umsonst getragen haben.

Frieda: Och umsonst kann man nicht sagen, den haben se Ende der 80er-Jahre noch für schöne 150 Mark an den Holländer verkauft.

Immer noch Herzls

Anneliese: Um noch mal auf Herzls zu sprechen zu kommen, die haben doch nach Sickendiecks auch noch jahrelang bei euch gewohnt, Frieda?

Frieda: Ja, bis 1987, hmh, da wurde Reinhardt dreißig und brauchte 'n eigenes Zimmer.

Anneliese: War sicher nicht leicht für euern Reinhardt mit Herzls Fritzka die ganzen Jahre auf eine Kammer.

Frieda: Nä, der war ja seit 1970 gelähmt nach den Unfall.

Anneliese: Konnte aber weit spucken.

Frieda: Ja, das konnte er doch noch bis ins hohe Alter, da machte ihn keiner was vor.

Anneliese: Warum sind Herzls denn nich vorher ausgezogen?

Frieda: Ach, man wollte se ja auch nicht drängen, sie fanden ja auch gar keine Wohnung mit so nem großen Schrank.

Anneliese: Aber Ende der 80er, sagtest du doch vorhin, da hätten se den doch verkauft …

Frieda: Ja, und denn sind se ja auch sofort ausgezogen.

Anneliese: Ja, stimmt, dann gleich in die Siedlung bei Kopireits oben unters Dach, nicht?

Frieda: Nee, erst haben se noch bei Niewöhners gewohnt … aber nur jede zweite Woche, sonst waren se noch bei uns.

Anneliese: Was macht ihr eigentlich nicht mit Niewöhners zusammen, Frieda!!

Frieda: Reden!

Kopireits

Frieda: Anneliese, ihr hattet doch die Kopireits nach dem Krieg.

Anneliese: Ja, aber erst Schneidereits, dann Petereits, Mikoteits und dann erst die

Kopireits, wir hatten uns da 'n bißchen spezialisiert.

Frieda: Kriegten die denn auch 'n Extrafutter? Schlesier, weiß ich, die nahmen ja gerne Hundewurst.

Anneliese: Da brauchtest du unse aber nicht mit kommen, die warn eher für Schweinebraten mit dicke Klöße und ordentlich Pudding.

Frieda: Das hast du denen jeden Tag gemacht?

Anneliese: Bist du verrückt? Nicht einmal! Die waren da bloß für. Kopireits, die schnitten sich auch einfach mal gern vore Runkel her.

Frieda: Dann waren die ja leicht zu halten. Hatten die denn auch nen Schrank mit?

Anneliese: Nee, aber 'n ganzen Anhänger voll Heimaterde. Und Kopireits Oma saß den ganzen Tag vor den Gummiwagen und sagte bloß „Heimat, Heimat", wir konntens nicht mehr hören! Und 1953 haben se dann den Opa aufn Hänger bestattet.

Frieda: Sag mal, hat Kopireits Hartwig, hat der nicht vor ein paar Jahren aufn Historischen Markt ostpreußische Heimaterde in Marmeladengläsern verkauft? Kam die auch noch von diesen Wagen?

Anneliese: Ja, das Glas 10 Mark. Ich sag dir, da haben se mehr von gehabt als eure Herzls mit ihren balüsigen Schrank.

Rübezahl

Anneliese: Euern Reinhardt seine Anita, ich meine bald, die hat auch was Vertriebenes. Kommt nicht die Mutter aus 'n Riesengebirge weg?

Frieda: Reinhardt hat se auch oft schon ausgeschimpft deswegen.

Anneliese: Ja, sicher … deswegen … äh, Frieda, was ist denn da Schlimmes dran an Riesengebirge?

Frieda: Da hauste doch dieser Rübezahl, dieser Massenverbrecher, den se überall mit Hubschrauber suchten …

Anneliese: Son Quatsch, das war Fabeier 1967, was du meinst …

Frieda: Wenn auch! Die stecken alle unter einer Decke!!

Anneliese: Fabeier und Rübezahl? Hast du se noch alle aufm Wiem? Rübezahl, den gibts doch gar nich wirklich!!

Frieda: Umso schlimmer! Nicht mal das! Ich habe manchmal den Verdacht, das ganze Schlesien, das gibt es gar nich. Das haben die sich bloß ausgedacht, damit se an den Lastenausgleich rankamen. Oh, was hat unsen Reinhardt da schon oft drüber geschimpft aufn Finanzamt.

Anneliese: Ach, und wo sollen die deiner Meinung alle hergekommen sein, wenn es Schlesien gar nich gibt?

Frieda: Ich habe den Verdacht, dass die hauptsächlich alle aus Prölle stammen. Da wohnt son Schlag.

Anneliese: Verkalkt, einfach verkalkt!

Annelieses Schwestern

Frieda: Wenn die Schlesier damals nicht gekommen wären, dann wären deine Cousinen doch alle unverheiratet geblieben.

Anneliese: Unser Heinz stammt aus Prölle.

Frieda: Sag ich doch, da saßen se alle. Die ganze Pröller Schweiz … sah aus wie die Niederlausitz.

Anneliese: Wir hätten genug andere haben können. Paula poussierte mit Wellpappen Hermi, Lina mit Mickrigs Schluffi, Anna war schon fast mit dem ältesten Sohn vom Klauenpfleger verlobt – hat dann aber nicht geklappt, er hat dann doch ein Schaf geheiratet – und Hildegard, da waren se alle hinterher … Ferkelschneiders Pauli, Prötkemeiers Pümmel und sogar den Pastor.

Frieda: Und warum habt ihr dann doch alle die Schlesier geheiratet, die hatten doch nix?

Anneliese: Die konnten einfach tanzen! Oh, wenn ich da noch dran zurückdenke, die ersten Bälle nachn Krieg, was war das 'n Juchhee aufe Diele…

Frieda: Und nachher ins

Heu, bäh! Seid bloß froh, dass die Schlesier hinterher so anständig waren und euch aufgeheiratet haben.

Anneliese: Das mussten se … unser Papa und unse Onkel hatten schließlich ne Jagdlizenz vonne Militärregierung …

Frieda: Gabs da nicht so einen Vorfall, Jendroscheks Alfons, der ist doch 1950 im Wald erschossen worden … poussierte der nicht mit euer Anna?

Anneliese: Erschossen, erschossen! Der ist an Spätfolgen gestorben … das war noch ne verirrte Kugel aus dem Krieg, in die er reingelaufen ist.

Alles Deutsche

Frieda: Ohh, Anneliese, mit diese Vertreibung das nimmt ja auch überhaupt kein Ende mehr.

Anneliese: Ja, erst kamen die Ostpreußen, die Schlesier …

Frieda: Die Sudetendeutschen und die Pommern.

Anneliese: Dann die ausse DDR …

Frieda: Und nu kommen die ganzen Volvo-Deutschen …

Anneliese: Und die Murmansker Schwaben mit Schlittenhunde und alles aus Sibirien.

Frieda: Ausse Heimtücken-Steppe kommen die mongolischen Sachsen mit ihre Ponys, die Oma quer übern Sattel liegen, oh, oh, oh …

Anneliese: Wo soll das doch noch alles enden, Frieda? Sind das denn alles Deutsche?

Frieda: Unser Reinhardt hat gesagt: Das geht bis zu den Chromargan-Deutschen, die vor 60.000 Jahren nach China ausgewandert sind, die kommen jetz alle wieder zurück.

Anneliese: Diese ganzen Schwarzen, sind das denn auch alles Deutsche?

Frieda: Das sind Nigeria-Bayern!!

Schwester Birgit

***Jeder kennt jeden,** jeder weiß über den anderen alles bis vier Generationen zurück und schon fünf Minuten bevor derjenige selbst weiß, dass „der Wagen" kommt oder „der Befund" ins Haus steht. Das Landleben ist durch und durch transparent, umso ärgerlicher, wenn man einen Namen nicht sofort einordnen kann.*

Frieda: Schwester Birgit, die kennst du doch auch …

Anneliese: Welche Schwester Birgit …

Frieda: Schwester Birgit!

Anneliese: Kenn ich nich! – Was ich sagen wollte: In Dieter hat der Blitz eingeschlagen, Gott zei Dank war …

Frieda: Schwester Birgit, die lag doch dauernd bei Willmanns Gerda.

Anneliese: Willmanns Gerda. Welche Willmanns Gerda?

Frieda: Wo Schwester Birgit immer lag zu liegen.

Anneliese: Ach die! Was is mit die?

Frieda: Nix is mit die. Bloß weil du ja nich wusstest, wer Schwester Birgit is.

Anneliese: Schwester Birgit?

Frieda: Kerl inne Wicken, jau, Anneliese. Schwester Birgit, die mit den gelben Wagen.

Anneliese: Walter Scheel?

Frieda: Ach was, Scheels Walter hat doch nen dunkelgrünen VW. Schwester Birgit, der haben se doch bei den gelben Wagen neulich die Scheiben eingeschlagen.

Anneliese: In Dieter hat der Blitz eingeschlagen, Gott zei Dank war …

Frieda: Ja, sach auch man, Gott zei Dank hatte se Teilkasko …

Anneliese: Mit Selbstbeteiligung?

Frieda: Ja, aber nur bis 100 Mark.

Anneliese: Och, das geht ja.

Frieda: So, dass Schwester Birgit …

Anneliese: W e l c h e S c h w e s t e r B i r g i t ?

Frieda: Och, Anneliese, Schwester Birgit, kennst du doch.

Anneliese: Die, wo alle Schwester Birgit zu sagen?

Frieda: Ja, Anneliese, wußt ich doch, dass du die kennst, d i e Schwester Birgit.

Anneliese: Was is mit die?

Frieda: Die hat ausn Urlaub nen Marokkaner mitgebracht, hat nix, kann nix, wird nix, ganzen Tach die Schallusien runter.

Anneliese: Guck! – In Dieter hat der Blitz eingeschlagen!

Die Dorflinde

***Tradition** – Gut und schön, aber noch schöner ist das Wegreißen. Alte Bäume, Fachwerkscheunen, Tore, Türen, Schwalbennester: Alles muss den Glasbausteinen, Eternitziegeln und dem gefärbten Betonpflaster weichen, damits „ordentlich" aussieht. In Wahrheit ist die Landbevölkerung nämlich der energischste Vorreiter der Moderne in seiner ganzen schrecklichen Gestalt.*

Anneliese: Bei Vogelpohls haben se gestern die alte Dorflinde weggerissen.

Frieda: Och, die große Linde, die war doch sicher 'n paar hundert Jahre alt.

Anneliese: Jaha. Aber Vogelpohls wollten genau an die Stelle den neuen Blumenkübel hinstellen.

Frieda: Ach so, ja, dann hat das ja auch Sinn und Verstand.

Anneliese: Der herrliche Baum. Da traf sich doch jeden Freitag der ADAC. Und im Sommer sangen da die Feuerwehrfrauen einmal die Woche …

Frieda: Ja, der Baum hat schon viel gesehen. Ich weiß noch … direkt nach 'n Krieg …

Anneliese: Welchen, diesen oder den letzten?

Frieda: Diesen.

Anneliese: Wo Prötkemeiers auf einen Schlag 25 Ferkel hatten …

Frieda: Ja genau, nach den Krieg … da haben Menken Püppi und Rudolf unter der Linde groß geheiratet und keine fünfzig Jahre später hingen se beide im selben Baum am Strick.

Anneliese: Ja, so schnell kanns gehen. Als sich Wilken Fitti mal da aufgehängt hat, haben se den aber nach drei Tagen schon abgeschnitten – die Kinder sollten da nicht mehr länger mit spielen.

Frieda: Ja, irgendwie hat da jeder auch so Erinnerungen dran, an die Linde. Alle Konfirmations-,Tauf- und Hochzeitsfotos wurden da doch gemacht …

Anneliese: … einmal war sogar der Führer da …

Frieda: Jetzt aber schon lange nicht mehr!

Anneliese: Zu Opas Zeiten haben se da sogar noch die Toten aufgebahrt. Unser Dieter ist da untern Baum sogar noch geboren.

Frieda: Unser Reinhardt ist da sogar passiert.

Anneliese: Und '45 soll Montgomery da drangepinkelt haben.

Frieda: So stehts jedenfalls auf der Messingplakette vom Verschönerungsverein.

Anneliese: Mein Uropa hat erzählt, wie er als Kind Napoleon genau unter diesem Baum beinahe die Hand geschüttelt hätte. Wenn Napoleon gekommen wäre …

Frieda: Die Ur-Uroma mütterlicherseits meinerseits, die soll einen gekannt haben, der den Alten Fritz in Berlin getroffen hat!!

Anneliese: Was hat das denn mit unse Dorflinde zu tun?

Frieda: Ging mir nur so durch den Kopf. Wollt ich immer schon mal fragen: In den Herz, das inne Rinde geritzt ist, da steht ja euer Dieter und „R", wer ist das wohl? Ist das wohl diesen Ricardo?

Anneliese: Nee, das war unser Rex, der Schäferhund.

Frieda: Ooooh, den auch … Der arme Hund!

Anneliese: Ja, nu ham se die Dorflinde ja abgerissen …

Frieda: Ja, man kann es ja verstehen, wenn Vogelpohls da nu unbedingt den Blumenkübel hinhaben wollten …

Anneliese: Wo sollen denn in Zukunft die Feiern stattfinden?

Frieda: Bei Vogelpohls in Wohnzimmer!

Anneliese: Und die Leute, die sich aufhängen wollen, sollen die dann extra bei Vogelpohls klingeln?

Frieda: Nee, das wird ja einfach zu viel, Theo will den alten Trecker mit den Frontlader vore Tür stellen.

Anneliese: Ebenso praktisch.

So Stiche

***Heilung auf Umwegen** – Der direkte Weg ist immer der falsche, die ganze Welt des Landbewohners erschließt sich über Bekannte, deren entfernte Bekannte und was die womöglich mal irgendwo aufgeschnappt haben. Diesem Urteil wird eher vertraut als der Diagnose einer international renommierten Kapazität, von der keiner im Dorf weiß, mit wem „der Kerl" wohl verwandt sein könnte.*

Frieda: Ich hab in letzter Zeit doch immer so komische Stiche unten, Anneliese.

Anneliese: Ja, im Alter kommen die Stiche.

Frieda: Ich muss Hakenschniepels Susanne doch mal fragen, die putzt ja zwei Tage die Woche bei Dr. Fobker, und da schwärmen se doch alle so von.

Anneliese: Unser Heinz, der hatte doch so schlimm Warzen untere Füße, Verdacht auf Moderklaue, und der hat bei einen in Süddeutschland angerufen, das is der Schwiegersohn von Bröhrmanns Willi – er is ja schon lange tot – den unser Opa vonne Gefangenschaft her kennt, versuchs da doch mal, Frieda.

Frieda: Ich hatte auch schon überlegt: Ruf doch mal bei Wittkotten Hertha an, hatte die nich auch so Stiche immer?

Anneliese: Hertha is doch schon 20 Jahre tot.

Frieda: Aber vielleicht haben die Verwandten ja die Medizin noch aufbewahrt.

Anneliese: Wenn gar nix hilft, helfen heiße Kartoffelumschläge. Sagt Sickendiecks Marianne.

Frieda: Hatte die denn auch so Stiche?

Anneliese: Die hatte ja damals die Fehlwochen, is auch schon lange her, aber das hab ich behalten.

Frieda: Vor Jahren hab ich bein Friseur mal in so ne Fernsehzeitschrift was über Stiche gelesen. Muss ich doch mal fragen, ob er die womöglich noch hat.

Anneliese: Viel kommt ja auch, wenn man sich erkältet.

Frieda: Ich weiß noch: Bredemeiers Fido, der hatte auch immer so Stiche.

Anneliese: Der is ja dann so urplötzlich erschossen worden.

Frieda: Wollen wirs nich hoffen!

Anneliese: Ach Frieda, meld dich doch mal bei Sickendiecks, Heinz hat erzählt, der Eber von denen, den wär alles geschwollen zwischen ne Beine, und da hätte der Tierarzt doch so ne wunderbare Salbe gehabt und die hätte sogar geholfen, als bei den lütken Trecker von Sickendiecks das Pleuellager festgesessen hätte. Vielleicht haben se da ja noch welche von.

Frieda: Is wohl mehr so ne gemischte Salbe für Eber und für Trecker.

Anneliese: Ja, so ne gemischte Salbe, das isses womöglich, was dir fehlt.

Frieda: Man kanns nich wissen. – Die Frau vom Getränkekerl, die is schließlich elendig dran zugrunde gegangen.

Anneliese: Auch an so Stiche?

Frieda: Hmh. Fing mit so Stiche an.

Anneliese: Nä, da soll man nich mit spaßen. Besser man geht gleich zum Doktor.

Frieda: Sücho, besser isses.

Werte schaffen

Bauen und Umbauen *dient nur zum geringen Teil den tatsächlichen Bedürfnissen. Ständig muss man „Mithalten" mit den Nachbarn, Glasbausteine nachrüsten, Panoramafenster in die Fachwerkfassade sägen oder eine Loggia vorm Ferkelstall errichten. Macht man nicht mit bei der allgemeinen Zerstörungswut an der historischen Bausubstanz, gilt der eigene Besitz sofort als „verkommen".*

Anneliese: Sach ma, Frieda, was is bei euch denn los, bauen se da nen Lokus mitten aufn Hof?
Frieda: Hat Reinhardt bestellt.
Anneliese: Aber ihr habt doch WC inne Wohnung, oder nich?

Frieda: Sücho, das erste innen Dorf, 1978 bereits.

Anneliese: Und was wollt ihr mit noch eins hinten anne Garage?

Frieda: Unser Reinhardt hat zu mir gesagt, „Mutti, du hast alles, was wir besitzen, mit deiner eigenen Hände Kraft geschafft, das herrliche Anderthalbfamiliendomizil und alles, was bleibt mir noch zu tun? Aber ich will in meinem Leben doch auch Werte schaffen", hat unser Reinhardt gesagt.

Anneliese: Und da baut er sich nen Donnerbalken aufn Hof? Was will er da doch mit?

Frieda: Es geht in erster Linie doch um das „Werte schaffen", Anneliese.

Anneliese: Oder soll seine Anita aufn Hof puttken?

Frieda: Anita geht immer inne Kasse auf Toilette. Ihr is das unangenehm, wenn unsen Reinhardt das riecht zu Hause. Hmh, Anita is so schier!

Anneliese: Och, ich riech das ganz gern mal.

Frieda: 47 000 Mark an Werte werden da geschaffen von unsen Reinhardt.

Anneliese: Was? So teuer is so nen einfachen Lokus?

Frieda: Von wegen, einfachen Lokus. Da fehlts an nix, sogar nen Bidet.

Anneliese: Was is das denn?

Frieda: Da kann man sich nach 'm Geschäft die Füße drin waschen.

Anneliese: Och wie praktisch!

Frieda: Oooooh, was werden da Werte geschaffen von unsen Reinhardt.

Anneliese: Werte, Werte, es geht doch keiner drauf auf den Lokus, was doch nen Blödsinn.

Frieda: Zum einfachen Reinputtken sind so „Werte" auch viel zu schade.

Anneliese: Was soll da denn sonst mit passieren?

Frieda: Die werden weitergereicht an die nächste Generation.

Anneliese: Och, is euer Anita in anderen Umständen?

Frieda: Och was, die beiden haben ja noch so viel Zeit. Erst mal hat Reinhardt gesagt, müssten Werte geschaffen werden, und wenn Reinhardt und Anita später mit ihrem kleinen Töchterlein am Küchenfenster stehen, da können se dann aufn Hof gucken und sagen: Sieh mal, dort das Klo, das wird dereinst mal dir gehören, Frieda.

Anneliese: Frieda? Hahahahahaha!

Krankheiten,

ihre häufigsten Ursachen und die Heilmittel

Krankheit	Ursache	Heilmittel
Plattenpiene *(Kopfschmerz, Kater)*	Suff	wulacken *(malochen)*
Brägenklürterig *(Alzheimer)*	Alter	anbinden
Ballichpiene *(Bauchschmerzen)*	verfaulte Kirschen	nach 'n Lokus hin
Son Reißen *(Rheuma)*	feuchte Wände	Schnaps
Malässen	mangelnde Bewegung	noch weniger Bewegung
Verbraucht	Feldarbeit	kaputtschreiben
Schlicht	Trisomie 21	verstecken
Unegaler Kopp	Geburtsfehler	Unverheiratet bleiben
Apper Arm/appes Bein	Zapfwelle	Kinderarbeit

Krankheit	Ursache	Heilmittel
Weckes Auge	Jagdunfall	Glasauge
Noch ’n weckes Auge	falsches abends rausgenommen	zwei Glasaugen
Stabil *(adipös)*	Schweinefleisch	Kleider selber nähen
Hatteklabastern *(kleiner Herzinfarkt)*	das Leben, das Rauchen	ignorieren
Grind, Räude, Schorf	Xylamon, DDT, E 605	Melkfett, Waffenöl
Durchenander *(geisteskrank)*	Überstudiert	laufen lassen
Zucken	Gewalt in der Ehe	nix
Maschine will nich mehr	Rauchen, Saufen, Fressen	Tabletten

Hejten Sommerdach

Sommerhitze – Im Juli und August, wenn es so heiß ist, dass die Fliegen nackt und müde auf den Kuhfladen liegen, stellt sich auch für die Zweibeiner auf dem Lande die Frage nach der angemessenen Kleidung. Opas trennen sich für mehrere Stunden am Tag von ihren langen Unterhosen, rosa Hausfrauenfleisch quillt aus den Armlöchern der geblümten Nylonkittel. Doch manchmal ist es so heiß, das sogar die bewährten Mittel nicht mehr reichen.

Anneliese: Sonnen hejten Sommerdach häb wi woll siet de Tiet fö den lessten Krieg nich mehr hat, Frieda.

Frieda: Bredemeyers Martha löp jo oll drej Wierken eenfach met 'n Kittel uppe nackte Bost dör't Dörp.

Anneliese: Junge, segg ick di, wat staut de Klüsen vanne Mannslüe wiet vörn Kopp, wenn Martha met 'n Rad no'n Pastor föhrt to'n Rejenmaken.

Frieda: Dat lösse Fleesk flüch unnern Kittel vanne ejne Siete no de annere, un bieto kieket bejde Böste ut ejnen Armlock rut.

Anneliese: Un ünnern, häv se dor auk nix an?

Frieda: Oooch wat, Anneliese, as wenn du bien Rüen vör de Mäse kiekst.

Anneliese: Mmmmm, dat sick manche Fruenslüe so goen laudet, blauts weil't hejt is buten.

Frieda: Un dann de Flejgen överoll an to sitten, wat es dat doch ne Schweinerei!

Anneliese: Wauldkötters Krischl, de sitt in 'n Sommerdach jo eenfach mette nackte Mäse uppe Dierl innen grauden Klowwerhaupen.

Frieda: Un wenn do wecke kuamt?

Anneliese: Gistern es woll de TIERARZT dor wearn, de schollde bie ne Suugen de NACHGEBURT aftrecken, de nich met rutkuamen es, jä, un as hej up de Diarl kümt, denkt hej sick, kick, dor lich de Suugen jo oll in den Klowwerhaupen.

Frieda: Un wat is dann passeert?

Anneliese: Jau, dat dat Krischl was, dat hev hej eerst metkreegen, as hej met denn rechten Arm oll bet toen ELLBOGEN achtern drin wöer.

Frieda: Döiwelschlag, dor häv sick Krischl wohl auk bannig vorfährt?

Anneliese: Jau, Frieda, dej lecht sick nich mehr so raske mette nackte Mäse innen Klowwerhaupen.

Frieda: Jä, bi düssen hejten Wiar doet de Lüe jo baule so, as wenn se nich recht bi Trost sind. – Singelmanns Fitti häbt se gistern met 'n MÄHDRESCHER bejde Bejne afschnieen.

Anneliese: Ooch, kick, sau! Wo es dat denn passeert?

Frieda: Hej laich met Bredemeyers Martha innen Hawern un heult de Bejne risk inne Heuchte – bien Fitzen! Jo, un de häw Langen Holger dann votten in sienen CLAAS DOMINATOR rinkreegen.

Anneliese: Un es no wat to retten wiäsen, Frieda?

Frieda: Jo, dat meste wall, blauts drej Sack Hawern, de mosten se wechschmieten.

Anneliese: Schüalt doch dat Buten-Fitzen lauden innen Sömmerdach.

Frieda: Jau. ES IST EINFACH ZU GEFÄHRLICH.

Einige Vokabeln aus dem Wiehengebirgs-Plattdeutsch:

Klüsen: *Augen*
Lösset Fleesk: *hier – nicht durch BH gestützter Busen*
Rüen vore Mäse kieken: *dem Hund ins Arschloch gucken*
Klowwerhaupen: *Kleehaufen*
Suugen: *Sau*
Buten-Fitzen: *Outdoor-Geschlechtsverkehr*

Klöters drei Frauen

***Quervögelei** kommt immer ans Licht. So sehr lizenzierter Sex in der Ehe auch der Aufregung entbehrt, weil man selber mitmachen muss („Hinhalten"), so gierig wird doch jede Neuigkeit aufgesogen, die von eventuellen Seitensprüngen aus der Nachbarschaft weiß. Und an Freiwilligen, die der Neugier Nahrung verschaffen, hat es auf dem Lande nie gefehlt.*

Frieda: Klöters drei Frauen sind ja nun auch wieder allein.

Anneliese: Da lief doch immer so nen Friedhelm nache Sylvia hin.

Frieda: Das scheint ja nun vorbei zu sein, nach diesen peinlichen Vorfall – Friedhelm is wohl stiften gegangen!

Anneliese: Wieso, der lag da doch schon dauernd zu liegen, die ganzen Jahre. Hat doch abends sogar immer Klöters Oma die offenen Beine mit Melkfett abgeschmiert.

Frieda: Abgeschmiert? Wohl nich nur die Oma.

Anneliese: Was wills du damit sagen, Frieda?

Frieda: Och, nichts, man will ja auch nichts Schlechtes reden über die Leute, aber seit Klöters Reinhold nich wieder ausse Jauchegrube aufgetaucht is, musste Alma ja auch sehen, dass das andere Bett nicht kalt blieb!

Anneliese: Lief da nich Ciciolka auch eine Zeit immer noch mal zwischendurch hin?

Frieda: Ja, aber nach seine Heirat dann doch wohl nich mehr so oft – wurde ja dann zu Haus auch meistenteils von diese Polin versorgt.

Anneliese: Frieda, du wolltest doch erzählen, warum jetz Schluss ist mit Klöters Sylvia und ihren Friedhelm.

Frieda: Das habe ich doch bereits gesagt, Anneliese.

Anneliese: Hast du nich, von Klöters Alma ihren kalten Bett haste erzählt.

Frieda: Ich sage nur: Ein Vogel, der will fliegen.

Anneliese: Ja, denn haben se jetz ja beide kalte Betten, Sylvia ja nun wohl auch! Alma is ja auch schon 53.

Frieda: Aber eins ist klar: Ein Vogel, der will fliegen …

Anneliese: Was hast du doch immer mit die dösigen Vögel, Frieda?

Frieda: Ich will ja nix über Alma sagen, aber die Friedhelm-Geräusche, die hörte man vorwiegend aus den linken Schlafzimmer.

Anneliese: Wo Alma schläft?

Frieda: Von schlafen kann gar keine Rede sein! Wenn Sylvia nache Stadt war – wegen ihren Mofaführerschein – och, die war noch nich umme Kurve, da hatte Alma sich schon den kleinen Friedhelm gepackt …

Anneliese: Was? Dann musste der neben seine Gabelstaplerfahrer-Ausbildung erst anne Sylvia und denn anne baufällige Alma ran –

Frieda: Jaha, und als Nachtisch noch die offenen Beine vonne Oma mit Melkfett abschmieren.

Anneliese: Das is doch Sodomie, Frieda!

Frieda: Och ja, warum auch nich, aber ekelhaft bleibt es doch trotzdem – drei Frauensleute lassen sich von son schmächtigen Friedhelm von vorne und hinten bedienen. Ham den Jungen regelrecht fertig gemacht.

Anneliese: Wieso, was is denn passiert?

Frieda: Letzte Woche war der arme Junge so erschöpft, dass er aus Versehen Alma die Beine verbunden hat!

Anneliese: Und was is mit der Oma passiert?

Frieda: Hat danach 'n Kreislaufkollaps gekriegt!

Anneliese: Mmmmmhhhh.

Zerstückelt

Mord und Gewalt bei anderen Leuten ist zuallererst deren Privatsache. Selber Schuld, wenn jemand seine Frau umbringt und sich damit die ganze Arbeit auf dem Hof und im Haus an den Hals lädt.

Frieda: Wir hatten gestern Ratten in Flur, uuhh!

Anneliese: Wo's nicht einwandfrei hygienisch ist, da ziehen die sich ja hin, jaha!

Frieda: Ich glaube, die kommen mit den ganzen andern aus 'n Osten alle.

Anneliese: Habt ihr denn Gift gelegt?

Frieda: Och was. Ich hab Pritzels Bernhard Bescheid gesagt, och ja, der schlägt gerne mal was tot, hmh.

Anneliese: Is das der Pritzel, der damals seine Frau zerstückelt hat?

Frieda: Och was. Von die Pritzels gibts ja mehrere. Der seine Frau erst zerstückelt und dann eingefroren hat, das is von die Pritzels, die da hinten inne Kurve wohnen.

Anneliese: Der hat die gar nich eingefroren. Der hat die Stücke so inne Küche liegen lassen.

Frieda: Pritzels Bernhard is von die Pritzels oben an Brink, die dieses eine Kind hatten …

Anneliese: Was so früh gestorben is?

Frieda: Ja, solche, die leben ja nicht lange. – Was habt ihr doch 'n schäbiges Bild! Wir haben ja Kabel.

Anneliese: Unser Heinz sagt, wenn wir überhaupt Kabel kriegen, dann ausse eigene Schüssel. Das kost' zwar zu Anfang, aber …

Frieda: Jetzt fällt' mir wieder ein: Pritzels Georg von die Pritzels ausse Kurve, der hat damals dies Kind bei diese Frau …

Anneliese: Welche Frau?

Frieda: Da liefen alle doch so hin …!

Anneliese: Und die is dann nachher zerstückelt worden?

Frieda: Das war doch Oldemeiers Lisbeth, die hatte doch den Pritzels Kurt gekriegt, den schönen Kurt. Oooh, was waren die damals alle neidisch, und sie trug die Nase so hoch … War ja auch 'n schönen Mann!

Anneliese: Aber er hat se immerhin doch nachher zerstückelt!

Frieda: Aber die erste Zeit doch nicht, Anneliese! – Is ja kein schönes Bild, was ihr hier habt! Oh, wir haben ja Kabel, so was Schönes! 34 Programme in einen Apparat! Unser war aber auch von An-

fang an so ausgelegt. War damals 'n teures Gerät. Is euer überhaupt auf Kabel ausgelegt?

Anneliese: …

Frieda: Is der überhaupt auf Kabel ausgelegt?

Anneliese: Äh, was sagst du, Frieda? Ich war gerade so an Nachdenken: Hat nich von die Pritzels von Brink auch jemand mal seine Frau zerstückelt?

Frieda: Das mag wohl sein, alles behält man ja auch nicht. Da wird so viel gesägt und zerstückelt heute, man kommt da gar nich mehr so richtig hinter. Dass die die Frauen aber auch nicht ganz lassen können nach 'n Umbringen!

Anneliese: Das is ja an sich auch ne unordentliche Familie. Die ham sich ja auch überall was dazugepachtet. Überall haben se so kleine Flecken Land.

Frieda: Doch total zerstückelt, der ganze Besitz.

Anneliese: Jaha, ganz zerstückelt!

Frieda: Und wer muss unter diese Zerstückelung am meisten leiden? Die Frauen.

Anneliese: Jaha, hmh. Sag auch man.

Frieda: Was habt ihr doch für 'n schlechtes Bild!

Heirat und Scheidung

Anneliese: Haste gehört, Sickendiecks Oma ist auch von ihrn Kerl weg.

Frieda: Hatten die nicht letztes Jahr goldene Hochzeit?

Anneliese: Hätten nächstes Jahr Gnadenhochzeit gehabt, nu lassen se sich scheiden.

Frieda: Das lohnt doch gar nich mehr.

Anneliese: Mag alle wohl, aber Opa kriegt man 'n Kind vonne andere.

Frieda: Der aule Buck! Wer hat den denn noch beigelassen, son über Neunzigjährigen!

Anneliese: Och ganz viele, Pingels Edeltraud, Schwester Birgit …

Frieda: Schwester Birgit!

Anneliese: Ja, die hatte den doch gepflegt nach seine Operation. Und da konnte er die Hände wohl auch nicht bei sich behalten.

Frieda: Und wer ist das jetzt, bei den er das Kind kriegt?

Anneliese: Futtermittels Lieselotte. Die hat immer Legemehl bei Sickendiecks vorbeigebracht … Am Schluss wohl zehnmal die Woche und da ist Oma denn auch stutzig geworden.

Frieda: Ja, was wollten die denn mit so viel Legemehl, die ham doch bloß sechs Hühner.

Anneliese: Frieda! Um das Legemehl gings doch gar nich. Das war doch bloß 'n Vorwand!

Frieda: Und das kostet ja auch!

Anneliese: Ach, und dass Lieselotte mit ihre 25-einhalb von den alten schorfigen Bock guter Hoffnung ist, das interessiert dich wohl gar nich?!

Frieda: Das sind ja … warte mal … Sack Legemehl in Angebot 35 Mark … mal 10 Säcke pro Woche … das sind in Monat …

Anneliese: Frieda! Sickendiecks Opa is bei Oma weg und hat mit Futtermittels Lieselotte einen angerührt! Oma lässt sich scheiden!

Frieda: Ja, das haste schon mal gesagt. Was ich aber wissen will, wo Opa wohl

	mit den vielen Legemehl hin will, wo Oma doch sicher die ganzen Hühner nache Scheidung zugesprochen werden … Für Oma mit ihre 89 soll das wohl auch nicht so einfach sein, noch mal neu anzufangen.
Anneliese:	Nee. Sie will sich – sagen die Leute – ne kleine Wohnung inne Stadt nehmen.
Frieda:	Einen alten Baum verpflanzt man nicht.
Anneliese:	Das sag auch man, wo die Schuld ja auch eindeutig bei ihn liegt, will mir das auch gar nich in Kopp, wieso Oma nicht in ihrn Haus bleibt.
Frieda:	Und so den aulen Buck immer mehr in die Arme von Lieselotte treibt! Was wollen die denn nun machen?
Anneliese:	Muss Opa sich ja wohl ne Arbeit suchen.
Frieda:	Was hat der denn gelernt?
Anneliese:	Bärentreiber! Sickendiecks hatten doch zwischen die Kriege wohl bald vier Tanzbären am laufen!
Frieda:	Tanzbären! Heut is doch meist Disco! Ja, dann muss Opa sehen, dass er da irgendwie unterkommt.
Anneliese:	Der muss erst mal sehen, dass er ans Heiraten kommt! Sie wollen das Kind ja wohl nicht in Sünde zur Welt kommen lassen?!
Frieda:	Solche traut der Pastor aber nicht! Und wenn Opa mal stirbt, dann wird der irgendwo hinten am Geräteschuppen von Friedhof verscharrt, das glaub du man!
Anneliese:	Mir tut nur der Busfahrer leid!
Frieda:	Wieso das denn?
Anneliese:	Weil der jeden Tag an diesen Sündenhaus vorbeifahren muss.
Frieda:	… seinen Blick abwendet und vorn Baum fährt.
Anneliese:	Ja, der arme Busfahrer … stürzen den armen Kerl ins Elend … hat womöglich Kinder, alles kaputt … ooooh … Lass mal eben überlegen … Wer lässt sich denn noch alles scheiden?

Frieda: Du etwa auch von Heinz!

Anneliese: Wer sagt das denn?

Frieda: Erzählen se in Dorf! Heinz hätte ne andere, sagen die Leute.

Anneliese: Wen sollte der alte Nickel denn an Land gezogen haben?

Frieda: Och …

Anneliese: Raus mit der Sprache! Mit wem soll der was haben?!

Frieda: Pastörske!

Anneliese: Nu hört mir doch alles auf!

Frieda: Ja, das ist nicht mehr Pflicht mit diesen Zölibat! Ham se sogar drüber abgestimmt und verloren!

Anneliese: Frieda, du bringst alles durcheinander. Pastörske ist doch mit 'n Pastor verheiratet, und da gibt es doch kein Zölibat.

Frieda: Warum das denn nicht?

Anneliese: Kannst ja mal an Superintendent schreiben, wenns dir nicht passt! Denn kriegen die Lutheraner vielleicht auch noch eins!

Frieda: Och, dann ist das ja sogar legal, was euern Heinz mit der Pastörske macht, jeden Freitag nach der Orgelprobe.

Anneliese: Legal ist das deshalb noch lange nicht. Heinz ist schließlich verheiratet.

Frieda: Doch bloß mit dir!

Anneliese: Ach, und das zählt nicht, oder was willst du damit sagen?

Frieda: Dich hat Heinz doch bloß genommen, weil du schon nen dicken Bauch hattest.

Anneliese: Aber doch nicht von Heinz, oh verdammt!

Frieda: Ach so! Anneliese, sondern?

Anneliese: Natürlich war das Heinz, hatte ich mich versprochen, Dieter is von Heinz, nicht dass du da … und von wen ist dein Reinhardt?

Frieda: Weiß ich doch nicht!

Anneliese: Brökers Natascha, dat lich auck nich lange dröige in Berre!

Frieda: Was hast du gesagt?

Anneliese:	Ich meine, Brökers Natascha, dass die doch nicht lange trocken in Bett liegt.
Frieda:	Der Mann ist doch erst zwei Wochen tot!
Anneliese:	Die Ersten aus 'n Dorf sollen schon geklingelt haben. Sickendiecks Opa erster Mann anne Spritze!
Frieda:	Hat der nicht an Futtermittels Lieselotte nebst dicken Bauch genug?!
Anneliese:	Der ist aufn Geschmack gekommen!
Frieda:	Aber den nimmt die doch nicht! Da ist wohl kein Gedanke dran!
Anneliese:	Trotzdem, das eine steht fest! Brökers Natascha, da tut sich noch was, bevor der Mond dreimal gekräht …
Frieda:	Wär das nicht noch eine für euern Dieter?
Anneliese:	Ein für alle Mal, Frieda! Der is da nich so für!
Frieda:	Iiiieh, du hast es gesagt, Anneliese, du hast es zum ersten Mal zugegeben!
Anneliese:	Nix hab ich, ich wollte, ich meinte, ich wollte damit nur sagen, dass so ne Natascha aus zweiter Hand, da ist unse Dieter gar nich drauf angewiesen.
Frieda:	Dieter ist igitt … Anneliese hat nen krummen Hund …
Anneliese:	Pack dich doch an deine eigene Nase, Frieda, so ne Brökers Natascha – wenn auch gebraucht –, da leckt sich euer Reinhardt doch dreißigmal die Finger nach, bei seine Anita … das ist ja auch mehr son Kerl.
Frieda:	Anita ist eine Frau! Reinhardt hat extra nen Test machen lassen!
Anneliese:	Ja dann!
Frieda:	Aber, Anneliese, eines hat unser Opa sogar schon gesagt: Mit einer deutschen Frau zusammen sein, das wäre quasi wie schwul!
Anneliese:	Euer Oma hatte ja auch so nen Bart! Genau wie Grindemeiers Vera. Du, die will sich von den Graf scheiden lassen!
Frieda:	Grade mal zwei Jahr verheiratet, nu is Schluss mitte Herrlichkeit – könnte das ewige „von" nich mehr hören – Grindemeiers Vera.
Anneliese:	Das is ja wohl zun Lachen. Was sind denn Grindemeiers. Er kastriert

die Ferkel aufn Gut und sie putzt aufe Rentmeisterei zweimal die Woche. Die sollten man jeden Tach unsern Herrgott danken, das se ihre Vera so gut untergebracht haben.

Frieda: Aber sie könnte einfach das ewige „von" nicht mehr hören, soll sie gesagt haben.

Anneliese: Und der Graf, was sagt der zu all das?

Frieda: Der geht ja ganz auf in seine Teckelzucht, soll Vera noch innen Krankenhaus vermöbelt haben, weil se bloß ein Kind gekriegt hat.

Anneliese: War aber doch 'n Sohn.

Frieda: Ja, aber man bloß einer, bei seine Teckel, da säß da ganz anders Karacho dahinter.

Anneliese: Oh, was ist das doch alle nen Elend aufn Gut. Is sie denn jetz schon vonne Fahne gegangen?

Frieda: Hmh, gestern – einen Tach vore Taufe.

Anneliese: Oh, was ne Schande.

Frieda: Der Graf wollte den Kleinen auf den Namen Lumpi taufen lassen.

Anneliese: Oje, oje, „von Hinten" is sowieso schon kein schöner Name und dann das.

Frieda: Ja, das ewige „von", das könnte GrindemeiersVera auch nicht mehr hören.

Anneliese: Ich meine ja, Frieda, es wird viel zu viel geschieden heutzutage.

Frieda: Jaha, da wird wunders was erwartet vom Leben.

Anneliese: Hauptsächlich von den Frauen. Wenn se in unsern Alter sind, dann wissen se: Von den Männern ist doch einer wie der andere, ganz egal, mit wen man verheiratet ist.

Frieda: Hab ich Anita auch gesagt: Anita, hab ich gesagt, unsen Reinhardt mag wohl nich der Schönste sein, auch wohl nich der Schlauste, aber du hast ihn man!

Anneliese: Will Anita sich denn scheiden lassen.

Frieda: Kann doch gar keine Rede von sein.

Anneliese: Ich meine bloß, weil Reinhardt sie ja auch dauernd verwämst.

Frieda: Mal welche annen Kopp, das wohl, aber … oder auch mal vorn Ballich …

Anneliese: Letzte Woche soll er sie drei Tage inne Klärgrube eingesperrt haben, erzählen die Leute.

Frieda: Ja! Und? Erzählen se denn auch, wer Anita wieder freigelassen hat. – War auch unser Reinhardt.

Anneliese: Sicher, so gesehen!

Frieda: Anita is einfach mit nix zufrieden – inne Klärgrube will se nich, wird se freigelassen, fängt das Krakeelen auch wieder an. Unser Reinhardt weiß bald nich mehr, wie ers ihr recht machen soll.

Anneliese: Das glaub ich.

Frieda: Aber ne Scheidung, das kommt doch gar nich infrage. – Solange Anita das Haus nich abbezahlt hat. – Die Kinder, das sind die Leidtragenden.

Anneliese: Ich wär schon dreimal weggelaufen, wenn wir die Bushaltestelle nicht so günstig vore Tür hätten. Was ist das doch alle bequem!

Frieda: Das wohl!

Anneliese: Bei dir wars ja wohl eher andersrum.

Frieda: Wieso das denn wohl?

Anneliese: Dein Hermann konnte sich doch nicht schnell genug anne Front melden. Da war das ganze Dorf damals voll von.

Frieda: Wenn auch! Ich wär niemals gegangen.

Anneliese: Eben! Das wusste Hermann auch!

Frieda: Heute rennen se zusammen wie die Hunde.

Anneliese: Und noch schneller wieder auseinander!

Frieda: Heute reden se von Zerrüttung und Gütertrennung und Ehevertrag.

Anneliese: Damals kauften sie die Katze in Sack!

Frieda: Und, hat es uns geschadet?

Anneliese: Frieda, würdest du's noch mal machen?

Frieda: Was?

Anneliese: Heiraten?

Frieda: Im Leben nich!

Kindererziehung

***Der Nachwuchs** läuft so mit. Niemand dachte bis vor wenigen Jahren daran, freiwillig seine Zeit mit Kindern zu verbringen oder sich sogar auf deren Niveau zu begeben. Die Erfahrungen aus der Ferkelaufzucht lehrten einen, dass man sowieso machen kann, was man will, wer von vorneherein nix taugt, aus dem wird auch nichts mehr.*

Frieda: Oooh, Anneliese, wenn ich doch bedenke, was se heute mit ihre Kinder alles anstellen!

Anneliese: Ja, sag auch man: Tragen da den ganzen Tag inne Gegend mit rum!

Frieda: Unse Kinder wurden doch früher im Sommer einfach mit 'n Kinderwagen in Garten geschoben …

Anneliese: … wenn se Glück hatten, in Schatten!

Frieda: Und hat es sie geschadet?

Anneliese: Unsen Dieter jedenfalls nicht! Der hat studiert!

Frieda: Is noch dabei …

Anneliese: Wenn auch! Was se heute mit ihre Kinder machen, ist einfach zu viel! Ständig dies Drücken und Liebhaben, das soll gar nich so gut sein!

Frieda: Och was! Hatten wir da früher Zeit zu? Arbeit gabs genug, und als wir den Kaninchenstall noch nicht hatten, ham wir unsen Reinhardt immer an Schafpflock gebunden. Da hatte er immer schön Auslauf!

Anneliese: Heute spielen se da sogar mit! Man begreift es nicht.

Frieda: Dass da son Kind denn schließlich bei unnormal wird.

Anneliese: Doch total verweichlicht! Ne Hungersnot oder 'n Krieg, wenn denen – sagen wir mal – ne Bombe aufs Dach fiele …

Frieda: … oder 'n Flugzeug …

Anneliese: … jaha, das würden die doch gar nich mehr überleben, verzärtelt wie se sind.

Frieda: Und wenn man Pech hat, spielen se mit Puppen!

Anneliese: Da is nix gegen zu sagen, das hat unser Dieter auch getan!

Frieda: Eben, Anneliese, eben …

Anneliese: Wenn der mal Kinder kriegt, dann erzieht der die sicher so, wie er's in sein Pädagogikstudium lernt!

Frieda: Seit wann können solche denn Kinder kriegen, Anneliese? Oder is sein Ricardo auf einmal ne Ricarda?

Anneliese: Weiß ich nicht!

Frieda: Knipkers Sigrid ihrn lütken Philipp, sagen se, käme sogar mit an Mittagstisch, wo die Erwachsenen sitzen!

Anneliese: Oooh, … dass Ernst da nix zu sagt!

Frieda: Der hat den Hof doch schon überschrieben und lange nix mehr zu melden!

Anneliese: Ja, die Alten treten se mitte Füße und bei ihre Kinder machen se alles mit Liebe. Liebe, he! Wenn ich das schon höre!

Frieda: Wenn wir uns früher auch um unse Kinder gekümmert hätten, dann wär unse Grabstelle heute nicht das, was se ist.

Anneliese: Sicher. Die Arbeit war ja man da. Bloß sonntags hatte man mal Zeit. Dann nahm Heinz unsen Dieter auch mal für 'ne Minute hoch!

Frieda: Und unse Hermann schickte den kleinen Reinhardt auch schon mal ne Postkarte aus 'n Krieg.

Anneliese: Was? Das stimmt doch gar nich! Euer Reinhardt is Jahrgang '54, wie unsen Dieter. Da war der Krieg doch längst vorbei.

Frieda: Bei euch vielleicht, bei uns noch lange nicht!

Nach 'n Plünnenkerl

***Neu einkleiden** – Das Beste ist natürlich, man braucht überhaupt keine neuen Sachen und kann die alten Klamotten immer wieder umarbeiten und umfärben. Die zweitbeste Lösung ist, man kann sich aus billigen Reststoffen selber „schicke" Kostüme schneidern. Nur aus Verpflichtung („Bei dem müssen wir auch mal was kaufen") fährt man einmal im Jahr mit dem Schneider in die große Stadt, um bei obskuren Grossisten herrlich unmoderne Sachen zu kaufen.*

Anneliese: Oooch, Frieda, wir waren gestern eingeladen bei Nienhüsers Edith, ja. Haben Ewald und Lisbeth mitgenommen nache Stadt hin. Edith wohnt ja in'n Schinkel, fährt man – is ganz einfach zu finden – fährt man vonne Bremer Straße links ab bei den Laden von den Plünnenkerl …

Frieda: Plünnenkerl?

Anneliese: Wo wir früher schon mal öfter mit Schneider Burmann hingefahn sind, die diese dunkelgrünen Strickotagen haben.

Frieda: Nienhüsers Edith?

Anneliese: Och, Frieda, weiß ich doch noch ganz genau, letzt' Jahr Schlussverkauf, du und Heithölters Marianne saßen hinten und ich saß vorne bein Schneider. Und unterwegs aufn Rückweg ham wir noch bei Gösling-Tiemeier gehalten, und der Schneider hat noch für jeden ne Tasse Kaffee bezahlt und du hattest dir, weiß ich noch wie heute, so nen hellgrünen Helanca-Pullover, och, sah auf ne Art ganz schön aus, gekauft – bei den Plünnenkerl geht das links rein nach Nienhüsers Edith hin – jaha, die wohnen da ganz schön, ich bin ja nich so für diese schäbigen Reihenhäuser, aber Edith is von zu Hause auch nich grade verwöhnt, und den Mann, den se da hat, der hat ne gute Stellung aufn Stahlwerk, Kinder gehen beide schon nache Schule hin und vorne vorn Haus ham se alles Waschbeton, weil Edith ja auch berufstätig is und, sagt Lisbeth, wer weiß, was morgen is, stimmt ja auch, wer weiß das schon, sagt Ewald auch …

Frieda: Helanca?

Anneliese: Ooch, Frieda, du hast doch aufe Rückfahrt noch, weiß ich noch wie heute, zu Heithölters Marianne gesagt: Marianne, hast du gesagt, wer nich hören will, muss fühlen, als ihr darüber geredet habt, dass sich Willmers Gerda partout kein Hörgerät kaufen wollte, und nu wär se untern Trecker gekommen. Ich weiß noch, wie wir alle gelacht ham, und der Schneider wär beinahe mit sein Simca in'n Graben gejuckelt, und du hattest den hellgrünen Helanca-Pullover in'n Kofferraum von'n Schneider und der hatte nen Tach vorher doch mit seinen Wagen die Ferkel nach Eickhoffs gebracht zun Kastrieren, und die hatten vor Angst doch den ganzen Kofferraum voll geschissen – das kricht man ja einfach nich wieder raus gerade aus Helanca, das ja sonst so dankbar is inne Wäsche.

Frieda: Waschbeton?

Anneliese: Ja, vorn Haus alles mit Waschbetonplatten gemacht, jaha, muss Edith ihn sein Mann bloß an Sonnabend mit 'n Schlauch rüber, alles picobello. Das is ja einmal schön, wenn man alles Platten hat, ooch, wer will doch ewig vorn Haus an'n Grund liegen und umme Stiefmütterchen rumkratzen, nä, obwohl wir ham ja jetz alle zwei Meter ne Steckdose in'n Garten, da muss ma doch wenigstens die große Kabeltrommel nich immer hinter sich herziehen, was war das doch früher ne Quälerei, ooch, wenn ich da noch dran zurückdenke, wir ham ja die Heckenschere auch nich mehr mit Niewöhners zusammen, ooch ewig den Ärger, und musste man da immer zweimal in Jahr klingeln bloß wegen die Schere, ooch, da hab ich schon Wochen vorher gegen angesehen, ooch, dachte ich so, is schon Februar, in'n April musst du auch wieder bei Niewöhners klingeln und nache Schere fragen, obwohl die uns ja eigentlich beide zusammengehört, aber Niewöhners taten immer so, als obs ihre wär – nu is Schluss, hab ich zu unsen Heinz gesagt, dies Jahr kommt bei uns ne eigene Schere, ich mach das nervlich nich mehr mit.

Frieda: Wessels haben se gestern den lütken Horst überfahren.

Anneliese: Oooch!

Pralinenhochzeit!

***Heiraten** ist ganz wichtig, vor allem wen. Da muss Geld zu Geld und Land zu Land, es muss eben alles irgendwie passen. Die Ländereien grenzen im Idealfall aneinander, eingeheiratetes Geld finanziert den Schweinestallneubau auf dem Hof des Mannes. Doch je gründlicher geplant wird, desto mehr geht daneben: Lutherböcke ehelichen „schwatte" Katholiken, über „die Bienenstichgrenze", den Mittellandkanal, lernen sich junge Menschen kennen beim Schützenfest, und „im duhnen Kopp" fallen sie übereinander her.*

Frieda: Sickendiecks Manfred heiratet Freitag … inne Kirche … ne Frau … erzählen se innen Dorf. Anneliese! Sickendiecks Manfred, war da euer Dieter nich mal hinter her.

Anneliese: Der kennt seine Frau doch sicher gar nich.

Frieda: Von wegen „Frau", euer Dieter, der schielte Manfred doch immer nach, schon innen Konfirmandenunterricht damals.

Anneliese: Oooch was, Frieda, da bildeste dir was ein – äh, wen kriegt Manfred denn?

Frieda: Schubiaks Veranda!

Anneliese: Ferena, Wrieda! Ich wollt sagen: Werena, Frieda!

Frieda: Was man sich alles bieten lassen muss!

Anneliese: Wie kommt er denn zu die, Schubiaks, die wohnen doch hintern Kanal.

Frieda: So was spielt heutzutage doch keine Rolle mehr, sie hat ja auch wohl das falsche Gesangbuch, noch zusätzlich.

Anneliese: Schubiaks stammen die nich aus China?

Frieda: Fast! Aus Schlesien! Jenfalls, nich allein dass sie aufe falsche Seite vonnen Kanal wegstammt und katholisch is, nä, sie trägt auch noch einen kleinen Manfred unterm Herzen.

Anneliese: Oooch, dann gibt das ne Pralinenhochzeit, Frieda?

Frieda: Jaha, mit Füllung!

Anneliese: Sieht man denn schon was?

Frieda: Is erst inne dritte Woche.

Anneliese: Woher weiß Schubiaks Farina denn, dass se guter Hoffnung is?

Frieda: Weiß sie ja noch gar nich, I C H weiß es.

Anneliese: Du, Frieda?

Frieda: Als ich vorgestern bei Dr. Westphal war, musste ich so lange warten, un doch, die „Goldene Fünf“ hatte ich schon dreimal durch und da dacht ich, guck doch mal eben die Befunde nach, und sieh da, unter „Sch“ war Schubiaks Verona, däh, B-Test positiv.

Anneliese: Ach, ich weiß noch, als ich mit unsen Dieter in guter Hoffnung war – hatt' ich doch nix von gemerkt, kam ich direkt vonne Mischmaschine weg in Kreißsaal – wir ham ja damals den neuen Schweinestall gebaut – halbe Stunde später war ich wieder da, der Speis war fertig und gleich gings wieder dabei mitte Schaufel.

Frieda: Mach wohl sein, jedenfalls soll sich Sickendiecks Marianne wohl umgeguckt haben, als ihr Manfred da so ne Vileda mit aufn Hof geschlürt hat.

Anneliese: Und jetzt auch noch mit was drin – und sie ahnt noch nichts, diese Walesa.

Frieda: Verena heißt die, Anneliese, manchmal denk ich, du hast diese Rinderkrankheit, dass du man nich auch bald mit Füße hoch im Feuer liegst!

Anneliese: Was man sich alles bieten lassen muss!

Frieda: Was war?

Anneliese: Nix.

Frieda: Jenfalls, Sickendiecks, die ham sich da nen feinen Kuckuck ins Nest gesetzt. Schlesische Pralinenhochzeit. Manfred schmeißt sich ja regelrecht weg. Un Marianne und Wilhelm, die sollen wohl bald inne Kanal liegen vor Gram. Das ist das Ende vonnen Lied.

Anneliese: Ach, Frieda, ich wollte es vorhin nich sagen: Wir sind eingeladen zu die Hochzeit von Sickendiecks, soweit ich weiß, sind die sehr zufrieden mit ihre Verena und sicher sehr gespannt, was andere Leute so hinter ihren Rücken alles erzählen.

Frieda: Willst du noch 'n Kaffee, Anneliese, ich kann auch schnell noch 'n Stück Philadelphia auftauen oder nen Würstchen, macht mir nichts aus …

Anneliese: Schönen Dank auch, ich bin in Eile, ich muss zum Kränzen nach Sickendiecks.

Frieda: Oder noch 'n Kotelett …

Besuch beim Arzt

Tabletten werden für und gegen alles ständig konsumiert. Dabei werden zwei Dinge grundsätzlich ignoriert: das Haltbarkeitsdatum und das Anwendungsgebiet. Tabletten sind grundsätzlich gut und werden durch die Generationen weitergereicht, bis sie alle sind. Und genau an dem Tag muss man zum Arzt.

Frieda: Och, ich war heute morgen bein Doktor!

Anneliese: Och, was Schlimmes, Frieda?

Frieda: Nä, Tabletten waren alle.

Anneliese: Ach so! – Kriegst du immer noch Adumbran?

Frieda: Mir hilft das immer noch am besten von allen Mitteln.

Anneliese: Viele nehmen ja auch Arteriosan, das soll ganz gut sein.

Frieda: Och, das kenn ich gar nich. Muss ich den Doktor wohl mal sagen, dass er mir das auch mal verschreibt. Wofür is das denn?

Anneliese: Och, das is son allgemeines Mittel. Das is so gegen alles.

Frieda: Wie schön! Sind das so grüne Tabletten? Ich glaube, die hatte unser Opa auch früher, die hat unser Reinhardt doch noch jahrelang nachgegessen.

Anneliese: Jau, mag man ja auch nicht einfach so wegschmeißen.

Frieda: Gott sei Dank warn die Tabletten denn ja endlich alle, als Reinhardt aufe Mittelschule kam …

Anneliese: Musste euer Reinhardt nich immer so furchtbar brechen von die Tabletten?

Frieda: Inne schäbbige Volksschule war das ja egal, aber inne neue Mittelschule mit den herrlichen PVC überall, da mochte der Junge auch nicht hinbrechen!

Anneliese: Ja, da muss man vorsichtig sein, mit Medizin überhaupt. Unsen Heinz nimmt ja schon seit Jahren die Tropfen von Krachowiaks Willi …

Frieda: Gegen seine Altersfäule.

Anneliese: Och was, gegen seinen Darmverschluss! Nimmt er jeden Tag 25 Tropfen von.

Frieda: Och wie schön.

Anneliese: Nu hat mir aber Krachowiaks Mimmi gestern erzählt, dass ihr Willi die seinerzeit immer ins Ohr reingeträufelt hat.

Frieda: Und … hast du das Heinz schon gesagt?

Anneliese: Och was, die träufelt er sich nu schon seit zwanzig Jahren inne Mäse, was will man da noch gegen angehen.

Frieda: Aber den Darmverschluss wird er doch auf diese Weise nun gar nich mehr los!

Anneliese: Och, bei zwei Toiletten is das ja wohl für mich auch auszuhalten.

Frieda: Sücho!

Weihnachten

Anneliese: Unser Elli hat mir auch geschrieben aus Amerika!

Frieda: Och, Amerika! Bäh.

Anneliese: Die wohnt ja in Bramsche, aber das Bramsche bei New York, jaha.

Frieda: Kennen die da denn überhaupt Weihnachten?

Anneliese: Sücho! Guck, die haben da so elektrische Karten, die blinken, und wenn man se aufn Kopp hält, singen se sogar.

Frieda: Bloß nicht! Was schreibt Elli denn nun?

Anneliese: Liebe Anneliese, lieber Hans … hat se sich vertan… is ja bloß unsen Heinz.

Frieda: Wie den Ketchup. Das müssten welche aus Amerika doch wissen. Na, ja … weiter!

Anneliese: Ich hoffe, ihr feiert ein schönes Xmas … was is das denn … bei euch zu Hause. Bei uns kommt am 25. Dezember wieder das Weihnachtsstinktier und bringt die Geschenke. Clark wünscht sich ein Maschinengewehr. Die Kinder sind leider schon tot. Frohe Weihnachten und many kisses Elli. Und? Wer hat euch so geschrieben? Auch welche aus 'n Ausland?

Frieda: Gott sei Dank nicht! Niewöhners ham ne halbe Karte geschickt, die andere Hälfte schick ich die. Wir machen das Kartenschreiben ja immer …

Anneliese: … mit Niewöhners zusammen! Weiß ich.

Frieda: Weiß immer alles! Neugierig wie ne Elster.

Anneliese: Gar nicht! Was steht denn drauf, nu sag doch!

Frieda: Da steht: „Lie … herz … nachtsgrü … den die vier … auch an Rein … viele Geschen … ham se diesmal längs geteilt, die Karte! Nu muss ich bloß noch die rechte Hälfte vollschreiben und denn ergibt das auch nen Sinn!

Anneliese: Ja, Weihnachtskarten teilen, da spart man viel, hmh. Der Kerl vom Mähdrescherverleih, also nicht Speckmanns Kalli, nee, das ist son Höherstehenden, der hat jedenfalls auch ne Weihnachtskarte geschickt. Sogar mit Maschine geschrieben.

Frieda: Och was, solche, die ham doch keine Maschinen mehr. Solche, die haben heutzutage so Geräte …

Anneliese: Was für Geräte?

Frieda: Wo man alles so mit machen kann.

Anneliese: Vielfachgeräte!

Frieda: Ach was! So welche zum Tippen!

Anneliese: Computer!

Frieda: Mag wohl …

Anneliese: Jedenfalls steht auf der Karte: Frohe Weihnachten und alles Gute für das Neue Jahr.

Frieda: Och, das hat er aber nett geschrieben, der Mähdrescherkerl. – Und Sawatzkis, das ist diesen alten Kriegskamerad von unsen Opa …

Anneliese: 70/71 Sedan!

Frieda: Nee, in richtigen Krieg! In ersten …

Anneliese: Ja, was ist mit den …

Frieda: Ja, der lebt ja nicht mehr, aber den seine Nachkommen und davon die Freunde und Bekannte, die kommen doch noch öfter zu Weihnachten

bei uns zun Essen und meistens bleiben se noch 'n paar Tage.

Anneliese: … obwohl euern Opa ja auch nicht mehr lebt.

Frieda: Ja. Und die haben geschrieben. Dass se nicht kommen.

Anneliese: Biste sicher froh!

Frieda: Och, man hatte sich schon dran gewöhnt. Guck mal, Anneliese, was für ne gestochene Schrift: Sehr gerte…

Anneliese: Gerte?

Frieda: Gerte Frau Horstmannskötter, dies Jahr können wir Weihnachten leider nicht bei Sie feiern, da wir noch einen andern Kriegskameraden von unsen alten Oppa …

Anneliese: Iiieh … Oppa mit zwei „p" !

Frieda: … einen andern Kriegskameraden von unsen alten Oppa durch die Familienzusammenführung vom Roten Kreuz gefunden haben. Dem seine Nachkommen haben ein schöneres Haus mit Schwimmbad und WC. Wir gratulieren Sie aber trotzdem zum Fest, Ihre Adresse haben wir an Krachowiaks weitergegeben. Treffen ein voraussichtlich erster Weihnachtstag 8.15, Hauptgüterbahnhof Osnabrück. Müssen abgeholt werden! Viele Grüße: Die Sawatzkis. – Oh, hoffentlich kommen die auf Palette, daß das doch einfacher ist für unsern Reinhardt! – Vonne Raiffeisengenossenschaft haben wir dieses Jahr ein Streichholzbriefchen, Kugelschreiber und 250 Gramm Rindenmulch gekriegt zu Weihnachten!

Anneliese: Oh, bei uns sind se gar nich gewesen! Hat unsen Heinz wohl nicht genug gekauft! Und ich habe zu ihn noch gesagt, Anfang Dezember: Kauf noch was beie Genossenschaft, dass wir doch den Kugelschreiber kriegen!

Frieda: Wir haben extra nen Trecker bestellt!

Anneliese: Ihr habt doch gar kein Land mehr!

Frieda: Reinhardt wollte aber unbedingt den Kugelschreiber!

Anneliese: Jaha, da sind se alle hinterher. – Was gibts denn dies Jahr von NB?

Frieda: Einen Pott Sonnenblumenmargarine. Da haben se vorne „Sonne" durchgestrichen und hinten „lumen", da blieb denn noch NB über.

Anneliese: Von den einen Busfahrer die Frau, die arbeitet ja inne Fettfabrik, die konnte die sicher günstig besorgen.

Frieda: Ja, aber trotzdem freut man sich! Hat euch denn der Getränkekerl auch was gebracht?

Anneliese: Och was, der ist doch katholisch! Die holen doch nur zu Weihnachten. Dies Jahr haben se Leergut gesammelt für die Dritte Welt.

Frieda: Das kommt da doch sowieso hin durch den Gelben Punkt!

Anneliese: Vom Hupa-Markt gabs dies Jahr nen Kugelschreiber!

Frieda: Oh, und was stand da drauf?

Anneliese: Raiffeisengenossenschaft!

Frieda: Ooh, und wir haben extra den teuren Trecker bestellt!

Anneliese: Sickendiecks, die haben ja auch kein schönes Weihnachten dies Jahr. Heute Morgen steht Wilhelm bei uns zu klingeln, ob wir ihrn Waldo gesehen hätten.

Frieda: Den Behinderten, den se da haben?

Anneliese: Das ist doch Stefan. Nein, den Münsterländer.

Frieda: Der sieht doch genauso aus. Ich kann die nicht auseinander halten.

Anneliese: Frieda, sei doch ruhig, wenn das einer hört! Wilhelm sagt: Unser Hund ist weg.

Frieda: Und was hast du gesagt?

Anneliese: Och, ist euer Hund weg, hab ich zu Wilhelm gesagt.

Frieda: Und was hat Wilhelm gesagt?

Anneliese: Wilhelm hat gesagt: Jaha, unser Hund ist weg.

Frieda: Und du?

Anneliese: Ich sag: Ja, Hunde, die laufen weg!

Frieda: Jaha, so Hunde, die laufen weg.

Anneliese: Wilhelm, sag ich zu Wilhelm, wenn se nicht mehr da sind, dann sind se weg.

Frieda: So Hunde …

Anneliese Das ist es ja man … mit so Hunde.

Frieda: Und einen leihen über die Feiertage?

Anneliese: Jetzt Heiligabend? Sind doch längst alle verliehen.

Frieda: Ja, dann müssen se wohl den Behinderten mit inne Stube nehmen!

Anneliese: Frieda! Wenn das doch einer hört …

Frieda: Ich habe mich schon die ganzen Jahre gefragt, wohin Speckmanns Kalli doch immer verschwindet an Weihnachten. Wenn ich so abends noch meine Runde mache hintere Fenster, da is doch nie Licht bei Kalli.

Anneliese: Weißt du das denn gar nich, Frieda? Jedes Jahr Weihnachten zieht Kalli seine ältesten Plünnen an und meldet sich als Obdachloser beie Bahnhofsmission.

Frieda: Was soll das doch?

Anneliese: Ich sag dir, Kalli, der is nich dumm. Der lässt sich vonne Bahnhofsmission fein in eine Familie vermitteln und schlägt sich die ganzen Feiertage auf andere Leute Kosten den Ballich voll.

Frieda: Was doch nen Kalli!

Anneliese: Die eine Familie, die nimmt ihn jetzt schon das fünfte Weihnachten hintereinander – die fordern ihn regelrecht an.

Frieda: Was is denn so Besonderes an so nen Kalli?

Anneliese: Der stinkt nich so wie die andern. Seine alten Plünnen, die lässt er sich

doch von Schneider Burmann maßschneidern – alles picobello.

Frieda: Kommt das denn nich raus, dass Kalli gar kein richtiger Obdachloser is?

Anneliese: Das wissen die doch alle längst. Die füttern den doch haupsächlich durch, dasse vore Verwandtschaft was zun Angeben haben, wie mildtätig se wärn und alles.

Frieda: Haben Pingels nicht auch immer son alten Hüchel untern Baum liegen? Wo haben se den weg, auch vonne Bahnhofsmission?

Anneliese: Frieda! Das ist doch die Schwiegertochter, die kommt ausse neuen Bundesländer!

Frieda: Wofür sammeln se eigentlich inne Gemeinde, dies Jahr?

Anneliese: Für die neue Rolex fürn Pastor, weißt du doch! Das Geld sollte doch mal einmal inne Gemeinde bleiben und nicht immer nach diese Bedürftigen hin.

Frieda: Was wollen so Bedürftige denn auch mit so ne teure Uhr!

Anneliese: Die müssen auch wissen, wie spät es ist.

Frieda: In Afrika? Hängen da denn gar keine Uhren an Gebäude?

Anneliese: Gebäude! Gibts da doch gar nich, oder guckst du diese Tierfilme gar nich?

Frieda: Nicht mal so Sparkassen-Zweigstellen? Die sind doch überall!

Anneliese: Da nicht!

Frieda: Ja, hätte man da nicht statt der teuren Rolex für den Pastor 1000 billige Armbanduhren nach da unten schicken sollen?

Anneliese: Jaha, und Ostern schreien se nach Batterien! Und die alten schmeißen se einfach so in Urwald rein. Das ist alle nicht so einfach mitte Entwicklungshilfe, wie du dir das vorstellst, Frieda. deshalb haben wir ja gesagt, das Geld soll inne Gemeinde bleiben.

Frieda: Was wünscht sich der Pastor denn zu Mariä Lichtmess?
Anneliese: 14 Tage Phuket in Thailand!
Frieda: Mit seine Frau?
Anneliese: Nimmst du 'n Glas Bier mit nach'n Schützenfest? …
Frieda: Was wollt ich sagen: Wir haben dies Jahr keine Gans genommen. Reinhardt hat gesagt, keine Gans dies Jahr!
Anneliese: Und wo soll Anita hin?
Frieda: Schlesischer Salat mit Prömmeln, das haben se bei Anitas früher immer gehabt und das bereitet sie jetzt für uns zu.
Anneliese: Was ist denn schlesischer Salat?
Frieda: Das ist son allgemeiner Salat. Der passt sehr gut zu Prömmeln.
Anneliese: Ja, das glaub ich. Obwohl unsere sind mehr für Gans. Ich stopfe die immer mit Weser-Kies. Das gibt son herrlich erdigen Geschmack.
Frieda: Und was gibts dabei?
Anneliese: Das bereitet Dieter immer zu. Das isst er auch immer sehr viel in seinen Wohnheim. Nudeln mit Teufelssauce aus 'n Glas!
Frieda: Die ausse Tüte hält sich länger.
Anneliese: Und aufn bunten Teller, was habt ihr da?
Frieda: Einfach mal ne 7-Länder-Mischung.
Anneliese: Nee, wir sind nicht für Europa. Ich hab das teuerste aus 'n Schlickerregal von Hupa-Markt genommen. Lüdenscheider Marzipan, der laufende Meter acht Mark! Das mümmeln unse so über die Feiertage weg.
Frieda: Wir sind doch so was von verrückt nach diese 7-Länder-Mischung! Reinhardt nimmt sich immer zuerst die Schoko-Mettbällchen. Und Anita bringt sich schier um für diese Cognac-Shrimps.
Anneliese: Die blöde Gans!
Frieda: Gans gibts bei uns dies Jahr nicht. Wir mögen sie sehr, sehr gern, aber es ist uns einfach zu gewöhnlich.

Wiehnachtsstimmung

***Feiertage** sind immer etwas angstbesetzt, denn es kann so viel Unverhofftes passieren: Verwandte können plötzlich unangemeldet hereinschneien oder der Opa kann sterben und man „krieg den Kuhlemaker nich annen Apprat". Schon im Vorfeld verbreiten die Feste nichts als Unruhe: Spendensammler kommen ins Haus, pressen einem das Geld ab und nutzen die Gelegenheit, neugierig ihre Nase überall reinzustecken. Schön, wenn es wieder vorbei ist.*

Frieda: Ick häw oll to Rutenschröers Lieselotte säggt, ik giewe nix düt Johr, bruks bi mi gar nich kuomen.

Anneliese: Nei, dat wet auk einfach to viel: Vanne Blindenmission kümp eine, in Russland sind se auk an schmachten, de Schwatten dor unnern schallt auk wohl nich jüst to best goen.

Frieda: Dor sind hennig twüntig Mark tohaupe.

Anneliese: Ik segge jümmer: Fief Mark vor de Fernsehlottrie, dat laud ik mi noch gefallen, dor kümp'm villichte jo noch annen nien Fernsehgerät, ower dat schöne Geld einfach sau uten Fenster schmieten, so dicke häp wie't ja auk nich.

Frieda: Spenden schön und gut. Ower ik segg di: Vandage mot man auk sehn, dat'm dat Geld tohaupe hölt.

Anneliese: Jau, wet ollens dürer, nen Büel Lametta kost van't Johr 1 Mark 35.

Frieda: Donnerschlag!

Anneliese: Nei, dat es mir to dür: Ik go dor no einmal met 'n Plettiesen öwer dat aule Lametta van lest Johr.

Frieda: Dat döt et auk noch dull noach.

Anneliese: Un nen Baum krieget wie auch nich. Use Reinhardt häw de Stehlampen gröin anmault, süt jüst so goat ut.

Frieda: Es auk wor. Niewöhners hanget de Kugeln jä einfach an den Opa an, de rögg sich sauwiesau nich de ganzen Wiehnachtsdage met siene Lähmung.

Anneliese: Jä, dor häbt se Glück met ehrn Opa.

Frieda: Wenn'm nich uppasset, dann schitt he sick inne Büxen van dat viale Dominosteinefriaten.

Anneliese: Es dann ja woll mer so nen Opa met Ballen.

Frieda: Blauts, dat se enn nich innen Goarn inplanten küant.

Anneliese: Dat segge nich: Brettschnieders, de häwwet doch noch de aule Tante ton Dautfoorn bi sick innen Hushault.

Frieda: Jau, wejd ik, wat es met de?

Anneliese: De es ja nich mehr ganz richtig innen Koppe, löp dauernd wech.

Frieda: Häw ik van hört, jau.

Anneliese: Sü, nu häwwt Brettschnieders er ne Batterie uppen Puckel buhnen un so ne Lichterkette üm den ganzen Ballich strüppet.

Frieda: Un wat schall dat?

Anneliese: Gistern esse wier afhauet, ik häwwet innen Verkehrshinweis innen Radio hört: Gesucht wird die orientierungslose Frau Alma Brettschneider, 87 Jahre und bekleidet mit einer Lichterkette.

Frieda: Ooh wat romantisch.

Anneliese: Hmh, wat was doch sücher ne schöne Wiehnachtsstimmung uppe Autobahn, wo se unner den Lastwagen kuomen es.

Sontowski

Veranlagungen – Der Einzelne ist im Verständnis der alten Leute vom Lande völlig machtlos, sich gegen die Bestimmung seiner Herkunft aufzulehnen. So können Arbeiter zwar „zum Schein“ studieren, landen aber danach als „Überstudierte“ in der Klapse, Handwerker haben immer schmächtige Kühe („Russen“), und die Leute aus der Siedlung werden früher oder später alle arbeitslos.

Frieda: Um noch mal auf Prölle zurückzukommen, Anneliese!

Anneliese: Was is mit Prölle?

Frieda: Neben den Handgranatenmuseum wohnt da nich Hagensiekers Meta und hat die nich damals so nen Sontowski gekriegt?

Anneliese: Was willst du denn mit den, Frieda?

Frieda: Ich meine bloß, wegen unsen Anbau.

Anneliese: Ja und!

Frieda: Seine Vorfahren, die kamen ja aus Polen, ob der wohl immer noch schwarz arbeitet?

Anneliese: Im Leben nich. Der is doch Chefarzt am Klinikum Pröller Schweiz.

Frieda: Wenn auch, wenn das da einmal drin sitzt in so ne Familie …

Anneliese: … muss der noch lange nich schwarz aufn Bau arbeiten, bei den Gehalt.

Frieda: Pritzels Kurt, was hatte der für Haare inne Ohren und jetz die lüttke Angelika hats doch auch so schlimm und der ihre Kinder kriegens auch: Behaarte Ohrmuscheln.

Anneliese: Iehhhh! Aber, was erzählste mir das!

Frieda: Mitte Schwarzarbeit is das dasselbe. Das sitzt da drin in solche.

Anneliese: Und das vererbt sich, Frieda, meinste? Aber Dongowskis, von die hat keiner schwarz gearbeitet, soweit ich weiß, obwohl die Vorfahren sogar aus Nordpolen kommen.

Frieda: Nordpol? Da arbeiten se schwarz?

Anneliese: Ach, du bringst mich ganz durcheinander. Ich will doch bloß sagen, ab und zu sind auch welche dazwischen, wo die Veranlagung nich ausbricht.

Frieda: Mag wohl sein, ich will aber sicherheitshalber doch noch mal im Klinikum anrufen, ob Dr. Sontowski nich sonnabends bei uns handlangern kann.

Anneliese: Ja, Frieda, aber dann nehm ich an, dass er schon längst in so ne polnische Schwarzarbeiterkolonne drin is und du da so gar nich rankommst. Aber versuchs doch mal bei Superintendent Przybilla, den seine Eltern kamen doch aus Szczebrezeszyn.

Frieda: Aber der ist doch evangelisch! Die Veranlagung für Schwarzarbeit pflanzt sich hauptsächlich bei Katholiken fort, sagt Reinhardt!

Anneliese: Meinste, der Papst auch?

Frieda: Sücho!

Anneliese: Dann ruf den doch an!

Wilken Andrea

***Anständige Leute** arbeiten auch, wenn es nichts oder wenig einbringt, beschweren sich nicht, wenn man ihnen Unrecht tut und beklagen sich noch weniger über die üblen Launen des Schicksals. Kurz – besonders wenn es sich dabei um Frauen handelt, fügen sie sich einfach und hoffen, dass es ihnen in einem späteren Leben vergolten wird.*

Frieda: Wilken Andrea wird inne Fettfabrik ja sehr gut fertig!

Anneliese: Nein, dumm ist die nicht!

Frieda: Mit den Hauptschulabschluss, das hat ja damals nicht sollen sein, aber in der Fettfabrik, da mögen se se alle so gern leiden…

Anneliese: Für 5 DM 30 arbeitet Wilken Andrea mehr wie so manch anderer mit 6 Mark Stundenlohn.

Frieda: Och, das is ja auch schnell verdientes Geld! Und trotzdem kommen se nich hin.

Anneliese: Trotz die ganzen Vergünstigungen, die die haben in der Fettfabrik? Jeder Arbeiter kann doch einmal die Woche 'n Zentner Schwarten zum halben Preis erwerben.

Frieda: Jeden Tach Schwarten-Durchenander is aber auch nich jedermanns Sache.

Anneliese: Ich hab Andrea neulich noch gesagt: „Wenn du dir mal 'n Eimer Stoppelrüben ausgraben willst, dann frag ruhig, ich gebe gern!“

Frieda: Und ich hab neulich zu Andrea gesagt: „Dass unser Reinhardt seine alten Schlüpfer zum Autowachsen nimmt, das tut ja auch nicht nötig! Die kannst du doch noch gut ’n paar Jahre weitertragen. Man hilft ja auch wo man kann, wenn eine Familie in Not gerät.“

Anneliese: „Andrea“, hab ich se letzte Woche mal beiseite genommen, „was liegen da doch viele Flaschen in’n Wald, wenn man da so durchgeht. Könnte dein Heimfried doch gut die Sommermonate über nen schönes Geld nebenher verdienen, von den ganzen Pfand, hab ich so zu sie gesagt. Dass sie doch nachts nich mehr innen Madame-Club muss. Obwohl se da ja auch sehr gut fertig wird.

Frieda: Nein, dumm ist die nicht! Wird einfach überall gut fertig, und alle mögen se se leiden, so ne patente Frau, is sich für nichts zu schade!

Anneliese: Bloß mit ’n Geld kommen se nicht rund! Sie geht ja auch zusätzlich noch zweimal die Woche nach ’n Blutspenden, das gibt ja auch noch so manche zwanzig Mark!

Frieda: Unser Reinhardt sagt: „Einmal ne Niere, und sie wärn erst mal aus ’n Gröbsten raus!“

Anneliese: Jedenfalls das Nierenspenden, das könnte er dann ja auch wohl mal selber übernehmen. Hat den ganzen Nachmittag Zeit! Dat fuhle Schwien!

Frieda: Stattdessen sitzt er in sein schäbigen Hundesalon, wo doch wohl seit zehn Jahren keiner mehr drin gewesen ist.

Anneliese: Wenn das Fell verfilzt is, nimmt unsen Heinz einfach die Flinte!

Frieda: Sücho! Und unsen Reinhardt brauch ich da auch nicht mehr hinzuschicken, seitdem se ihn so ausgelacht haben aufn Finanzamt.

Anneliese: Gestern hat er wieder ne ganzseitige Anzeige gehabt in Kreisblatt: Internationales Teckel-Haarstudio Dr. Heimfried Wilke, Strähnchen, Föhnen und Wurmkur nur 68,40 DM. Heinz hat gesagt, die Anzeige hat ihn bestimmt ’n paar tausend Mark gekostet. Woher er das Geld denn wohl wieder hatte?

Frieda: Reinhardt hat Wilken Andrea gestern gesehen, kam mit ’n Klapprad vonne Klinik, hatte bloß noch ein Auge!